U0549460

请别忘记我

FLORET

READING

文／子非鱼

小花阅读【小柠檬】系列 03

QINGBIEWANGJIWO

贵州出版集团
贵州人民出版社

▼

许言之，我想每天都能见到你，毕竟我真的很黏人

夏温暖，你知道吗，你站的方向风吹过来都是暖的

遇见你是所有故事的开始
我想顺着你的脚步，拥抱未来，以及你

子非鱼 | 小花阅读签约作者

灵魂写手子・懒癌晚期・非鱼

一个努力抓住 90 后尾巴的小姐姐。

喜欢万物复苏的春天，期待生长在日日春色撩人的昆明。

爱好广泛但不够深入，唯独写作愿意终身侍奉。

代表作：《请别忘记我》《他曾暖过一季春风》

作者前言｜离别是为了下一次相遇

最近迷上一首比较悲伤的歌，喜欢上平时不吃的米线，一言不合就在微信上斗图。

六月底至七月初的长沙，暴雨连下了两个星期不止。窗外的枇杷树似乎更加葱翠了一些，水珠从叶片上滑下去，在地面溅起一小串水花。

进入公司写作之前我是一名幼儿教师。嗯，行业的跨度是有点大，看起来八竿子打不着。

面临分别时，我们几个老师凑在一块吃了顿简易的散伙饭，然后撑着雨伞在潺潺的路道玩水。

笑着笑着，就笑出了眼泪。

总有许多感慨说不出口，只好记录下来，这样每次看的时候还能回想起当时几个人强装出来的喜悦的神态。

很奇怪，我去年搬家的时候也下着雨，今年搬家的时候还是下雨，就连时间段都相差无几。我怀疑降雨的龙王可能喜欢我。

于是龙王为了证明它不喜欢我，在我抱怨一通之后，雨就停了，甚至还出现了几丝微弱的太阳光。

有点脸疼。

所以我离开的时候，天气难得的好。

夜晚的城市，像整座浩瀚的星空。

我们都将是要远行的人，去的地方不尽相同。谁先走，谁就能得到最多的送别。

我是第二个走的。

关上车门，视线被拉长，再也看不到幼儿园的标志。有风吹进眼睛，带出来几颗滚烫的泪。

有一句话叫“离别是为了下一次的相遇”，我不知道我们各自离开后什么时候才能再相遇，我只能在心里默默地思念他们。

一群可爱的人。

说说我进入公司的事。

和我一起实习的还有一个很温柔、很靠谱的小姐姐，我们来得最晚，整个六月就只有我和她是从零开始。

在这期间，我还看到了晏生大大和伞哥，虽然我没敢上前去打招呼。

我曾经在微博上找她们答过疑、解过惑，用的却是两个不同的马甲，我估计她们还不知道这个事儿多而且纠结的人已经到了她们的面前。

最后说说这个故事。

开始创作在算得上炎热的六月，完成在久雨初晴的七月。里面也住着一群可爱的人，说着一些可爱的话，做着一些可爱的事。

尽管温暖和许言之经历了一场离别，可你要相信，那是为了下一次的相遇。就像我和我的朋友们一样。

这是一个并不算复杂的故事，有着一些很纯粹的美好。

我也总是幻想着能有许言之那样贴心的男朋友，但现实是我连男朋友都没有，更别要求他贴心。

这就有点扎心了。

在这里一定要感谢若若姐，感谢若若姐，感谢若若姐，重要的话必须说三次。

文中所有的不足都是若若姐提出来并标注修改的。尽管现在可能也不太完美，但至少我完成了，我挑战了自己。

在小花，每天都像是学生时代一样。

写故事、看故事、讨论故事，做着我喜欢的事，写着我想写的故事，创造我想创造的人。

时间过得飞快，很快就要到阳光灼人的盛夏。荷花池里的荷花已经开了，希望我写的书也能开花。

最后的最后，能相遇就是有缘。

所以，很期待能在茫茫人海与你们相遇。

子非鱼

目录
CONTENTS

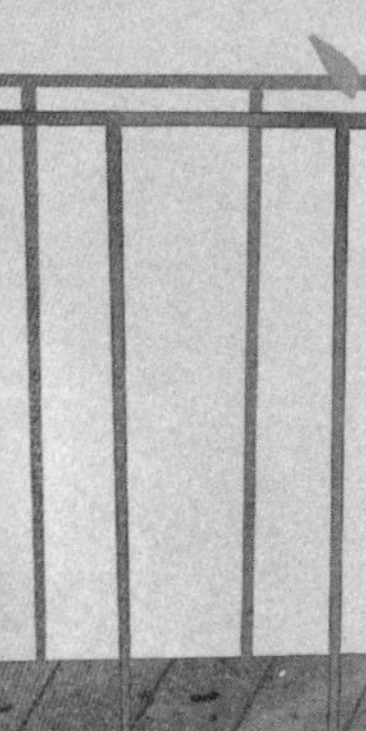

目 录

CONTENTS

楔子

靠窗的位置总能透进明媚的阳光，汽车不急不缓地穿行在林荫路上，偶尔发出一声长鸣。最后在一个拐角处，停下。

夏温暖拎着行李跟随人群下车。重新踏足清溪市这片土地时，她心里还是忍不住狠狠地抽痛了一下。

时间还早，余泽还没有到。

温暖走进长宇中学，刚好看到第二节课之后，升旗台冉冉升起的、被风吹得飘飘摇摇的红旗。恍惚间，那些被时光消磨了两年的记忆，在这一刻通通涌现出来。

铃响，校园很快就归于寂静，静得温暖能清楚地听到旁边教室里传来的书页翻动的声音。

“温暖？”

温暖转身，微微诧异了一下，随后才开口说话：“欧阳老师。”

“怎么，今天没跟许言之一起？”

温暖愣了一下，才忍不住在心里回答：不仅今天，过去的两年二十五天五时十七分二十八秒，我们也没有在一起。

欧阳老师只说了三句话就去给高三的孩子们上课了，至于最后一句……

“都知道你和许言之在一起，许言之是个好男孩，好好珍惜。”

余泽到的时候，温暖刚好逛到食堂。打饭的阿姨还是没换，看到温暖时还笑着冲她招了招手。

“逛完了吗？”余泽接过她手里的行李。

“嗯，走吧。”再不走，关于他的那些记忆就要彻底复苏了。

“这两年在国外怎么样？”余泽把行李放在车后备厢，又打开副驾驶的车门让温暖上去。将空调开启，冷气渐渐蔓延开来。

“还好啊。但是你这车，是偷的余叔叔的吧？”温暖露出一个了然的笑。

“夏温暖！会不会说话？父子之间能用‘偷’这个字吗？”余泽发动引擎，像是在证明什么一样，快速地转弯将长宇中学甩在身后。

温暖弯着眼睛笑起来，轻轻的。

“不过，我也想问，你和许言之怎么样了？”

一瞬间，稍微活跃起来的气氛因为这个新的话题而陷入沉默。温暖慢慢地收起笑，视线落在窗外掠过的风景。

余泽简直想打肿自己的嘴，问什么不好要问这个！

过了许久，久到余泽以为再也听不到温暖说话，温暖却轻轻地动了动唇。

她的声音在安静的车厢内显得格外清晰，甚至带着一种缥缈的悠远：“我没有再见过他。”

我没有再见过他。

第一章

一切美好的事物，好像都不及许言之不经意的笑。

· *01*

道路两旁的梧桐树被九月依旧炙热的阳光烘烤着，有些发蔫的叶子无精打采地耷拉着。温暖来得不算晚，但也绝对不早。距下午一点的开学典礼，还差两分钟。

“糟了，欧阳一定会打死我的！”温暖看了一眼腕表，生无可恋地仰头哀号。

欧阳是高三 441 班的班主任兼英语老师，才二十三岁，但是“恶毒”的形象早已深入人心，导致温暖只要看到欧阳皱眉就会两腿发软。

“丁零——”

温暖一路狂奔，也只堪堪踩着铃声赶到教室门口。

她原已经做好了要挨批评的准备，没想到上半年不迟到、不早退、顶着风雨也不会浪费时间的班主任欧阳竟然奇迹般不在。

“温暖，快坐啊，欧阳来了！”坐在第一排的班长魏晨轩斜着身子看了一眼室外走廊，连忙提醒道。

“知道了！”温暖挑了最后一排的座位坐下，长吁了一口气。

欧阳果然在温暖坐下后就进来了，她今天穿了一条淡粉色碎花的裙子，长而微卷的头发披散在身后，很是温柔贤淑的样子。

温暖带头起哄：“欧阳老师真漂亮！”

在一群人的闹腾下，气氛陡然活跃轻松起来。

原本以为她是最后一个来报到的，没想到竟然有人比她来得还要迟。是个男生，穿着很普通的白色棉T恤和一条黑色的牛仔裤，很瘦。头发微长，遮住了整个额头，看不清他的表情，只能看到他消瘦白皙的下巴和一张紧紧抿着的薄唇。

“完了，欧阳要生气了……”

温暖听到前排两个女生窃窃私语的声音。

“给大家介绍一下，这是新来的同学，希望大家能够友善相处。新同学，请你做一下自我介绍。”欧阳稍微让开了一些，好让他站在讲台的正中央。

“真罕见，欧阳竟然没生气，还对着他笑了……”

“你说这新来的是个什么来头？”

“会不会是欧阳的儿子？”

“胡说什么呢！”温暖听不下去，推了一下那女生的肩膀，

“欧阳男朋友都没交哪儿来的儿子？”

“嗯，也是……”

· *02*

“我叫许言之。”

少年言简意赅地吐出五个字，然后在欧阳的示意下落座。

他的座位就在温暖的旁边，经过她身边时，她还能闻到少年身上那股清淡好闻的沐浴露香气。

是她爱的蔷薇香。

好不容易挨过了开学典礼，下午刚上课温暖就打起了瞌睡。

她昨晚被余泽拉着打了一晚上的游戏，还一直没赢，直到深夜三点才睡下去。强撑着熬过了无聊的开学典礼，此时她的眼皮已经打了好几场架了。

“夏温暖同学，请你站起来回答一下这个问题的答案。”物理老师推了推鼻梁上的老花眼镜，一双眼睛盯着温暖的脑门时好像划过一抹亮光。

“温暖，问你呢！”前桌用手肘捅她。

“嗯？”温暖噌地站起来，眼睛还有些睁不开，迷迷糊糊地照着前桌翻到的答案念，“水与冰之间状态发生变化时……”

物理老师显然不太满意，瞪了她一眼，又看到她旁边的许言之，脸色更不好看了。

“夏温暖旁边的那位同学，请你站起来回答一下。”

“嘿，叫你呢！”温暖拽了一下许言之的衣服，把他叫醒。

许言之起来的时候不悦地看温暖一眼，阴冷的眼神让温暖忍不住在九月的艳阳天里打了个哆嗦。

“算了，不用回答了，你们两个都给我去外面站着！”物理老师拿戒尺敲了几下讲桌，一下子把温暖的瞌睡虫都给吓跑了。

温暖连忙收拾了一下桌子，拉着许言之就从后门跑出去。以她对物理老师的了解，再待下去估计要被拖去办公室见欧阳了。

教室外要热得多，又正处于上课时间，没有了吊扇“呼哧呼哧”地吹，显得格外安静。偶尔有几声略显疲惫的鸟叫，带来一瞬间的热闹。热闹过后，又是长久的寂静。

温暖没过多久就站不住了，室外安静得让人受不了。她偷偷瞥了一眼身边的少年，那么近距离的观察终于让她看清楚了许言之的长相。

很清秀的一张脸，虽然第一眼不足以让人觉得惊艳，可是你越看就会越觉得他好看。

或许是温暖的目光过于炙热，许言之扭过头，一双古井无波的眼睛直直地对上她。有那么一瞬间，温暖感觉自己如同置身冰窖，周围的热度一下子就散了。

“或许……你再多看我一下，我就很凉快了。”

许言之明显是不打算满足温暖，他收回目光又像一尊雕塑一样站着。

“别这样啊，你再看我一下……”温暖凑过去，想要对上许言之的眼睛，每次都差一点，就被许言之偏头躲开。

“请你关照一下祖国的花骨朵好吗？”

“不好。”许言之依旧平视前方，声音低低的。

温暖没料到许言之会回答，所以特别诧异地盯着他：“你竟然说了开学的第二句话！”

许言之没理她。

“没关系，肯说话就很好了。”温暖安慰自己。

才过一分钟，她又兴奋得手舞足蹈：“你说我们是不是很有缘？我睡觉你也睡觉、我被抓你也被抓，连罚站都一起！”

许言之闻言偏头看了温暖一眼。她的声音很轻快，像音符一样不断跳跃着。她说话的时候，眼睛会微微眯起，眼尾上扬，刚好敛起了一抹流光。

“许言之，我们也算是患难之交了吧？”温暖侧过头问他。

许言之本来想摇头，可是看到温暖闪闪发亮的眼睛，他就鬼使神差般地点了点头。

“那我们说好，明天上午再一起睡觉。”

· *03*

第二天上午一二节是欧阳的课，温暖再想睡觉也只能憋着。毕竟在太岁头上动土，是一种很不理智的行为。于是温暖推迟到了第三节课睡觉，睡之前她还特意跟许言之打了招呼，这才拿了书盖住脑袋心满意足地睡过去。

“夏温暖！”物理老师把书拍在她桌子上。

温暖睡得一脸懵懂，抬头时还能看到她侧脸被书本压出来的几道痕迹，以及一双湿润的、无辜的鹿眼。

等温暖醒得差不多了，这才看清物理老师的脸。她颇有些底气地站起来：“老师你让让，许言之被你挡住了，他也睡了。”

突然有人笑了一声，在寂静无声的课堂上格外刺耳，然后又沉默了一下，紧接着全班都开始笑起来。

温暖侧着头，许言之刚好也看过来，视线交会的一刹那，温暖忍不住小声骂了一句：“Shit！”

“温暖同学，下课后请跟我去一趟办公室。”物理老师走上讲台，把没说完的下半段说完，“现在请你去门口站好。”

Shit！要见欧阳就算了，竟然还要罚站！

温暖的视线落在许言之身上，带着点咬牙切齿的意味。后者坐得端正，直接无视了她。

一场无声的较量，以温暖惨败告终。

从办公室回来后，温暖勉强撑着一丝精气神等到许言之进来坐好。她把语文书翻开，放在许言之桌面上，让四个大字正对着他——患难之交。

温暖立即痛心疾首地指着那四个字：“不是说好要一起睡的吗？！”

许言之眼皮轻轻地掀了掀，嘴角有一丝弧度划过：“我什么时候答应了要跟你睡？”

人群里突然响起一声小小的“咦”，不少人都把目光移了过来，流转在她和许言之身上，气氛陡然变得暧昧起来，太多的目光看得她后背发麻。

温暖这才发觉这么说有点不妥，于是思考之后她又换了一种说法：“我们不是说好要睡一节课的吗？”

人群“咦”得更大声了。

温暖面子多少有点挂不住。她干脆把书收了，郁闷地回到座位上，并且打算单方面和许言之绝交一星期，顺便琢磨一下该怎么把欧阳吩咐的两千字检讨给写出来。

在温暖本子上一顺溜的“我错了”三个字里，许言之的良心终于受到谴责。他有手机，只是很少用，好不容易开机一回，竟然还是因为搜检讨词。

温暖觉得不能跟自己过不去，于是暂时把“绝交”的事放一放。在许言之的帮助下，她火速完成检讨。下午准时上交时，欧阳还难得地表扬了温暖一番，这直接导致温暖和许言之朋友的关系又恢复如初。

· *04*

周六，阴天。时不时有凉爽的风拂过，还带着道路两旁新开的菊花的香味。

温暖把余泽从家里拖出来，此时两个人正站在广场上，各自抱了一摞高高的传单。余泽的周末向来是用来休养生息的，况且还是大早上，所以他现在连眼都没睁开。

“你说你图什么？”

“图开心啊！”温暖眉眼弯弯，笑着把传单发出去。

余泽打了个哈欠，把传单递给经过他身边的两个女生。

那两个女生路过时，温暖听到她们悄悄地说：“天哪，那个男生好帅啊！”

她看了余泽一眼，觉得那两个女生眼睛可能有问题，然而现实狠狠地给了温暖一巴掌。

余泽手里的传单很快就发完了，并且对象都是年轻貌美的姑娘。温暖手里却还有大半，更尴尬的是，她发出去的时候，许多人直接掠过，连手都懒得伸一下。

“给我吧，你这样要发到明天了。”余泽把她手里的传单都接了过去，又指了指广场右边的长椅，“你去那边休息一下，我一会儿去给你买水。”

行吧，向大佬低头。

温暖听话地走过去，坐在树下的长椅上。她能清楚地看到余泽被风吹起来的短发，以及脸颊上流下来的汗珠。

余泽好像也……挺帅的。

“言之，看什么呢？”穿着黑白条纹衣服的男生拍了拍许言之的肩膀。

“没有。”许言之转身，利索地收走了桌子上的盘子。

余泽把传单发完，又带了两瓶水过来：“渴了吧？喝水。”

温暖盯着余泽的脸，露出一种让人难以捉摸的表情。直到看得余泽浑身不自在，她才转移目光：“行啊，余泽，把妹的套路‘666’啊！”

余泽："……"

晚上路过广场旁边的小吃摊，温暖心血来潮地点了一大锅小龙虾，美其名曰犒劳自己。余泽刚坐下，就听到温暖欣喜地惊呼了一声："许言之！"

许言之愣了愣，随即停下脚步。他回头正好看到温暖嘴巴里塞满了食物快速咀嚼的样子，像极了一只被投喂的仓鼠。

温暖跑过来，在他面前站定："这么晚了你怎么在这儿？"

许言之面无表情地看了她一眼："那你怎么在这儿？"

"做兼职啊！为了体验生活的艰辛！"温暖说着，把许言之拐了过去坐好，"为了感谢你帮我找检讨词，今天晚上我请你吃小龙虾行不行？"

能不行吗？许言之盯着自己被拽得有些红了的手臂想。

余泽挪开了一点，好让许言之坐进来才说："你好，我叫余泽，温暖的好朋友。"

小龙虾上来，辛辣的香味顿时飘散开。

温暖吃东西毫无顾忌，直接拿手捏了就往嘴里塞。余泽把她手里的东西抢了过来："你剥了壳再吃。"

许言之看了他们一眼，敛下眉头解决自己的那只。

温暖明明怕辣，可又管不住自己的嘴。被辣得眼泪鼻涕直流，她也只会站起来转来转去，用手扇风。

许言之看不过去，把包里翻出来的水杯递过去，温暖直接对着就喝。许言之愣了一下，余光里温暖红着鼻子和眼眶的样子，让他的心颤动了一下。

接收到温暖投递过来的感激目光，他又面不改色地低头吃起来。可是心里那一池平静的湖水，却像被人不经意投入了一颗石子，正泛着不小的涟漪。

· *05*

第一次测验过去，班级里就要开始排座位。欧阳走进教室，把试卷发下来还恶狠狠地瞪了温暖一眼。

试卷上刺眼的红叉确实挺多的，温暖下意识去看许言之的试卷。嗯，红叉也挺多的，温暖一下子就平衡了。

“这是你的。”像是看懂了温暖的想法，许言之把数学试卷递给她。

“那这是什么？”温暖两指夹起自己桌面上的试卷。

许言之看了一眼：“很明显啊，是物理卷子。”

温暖，卒。

欧阳看了眼成绩单，对许言之投过来一个满意的眼神：“本次测验我们班第一名是许言之，第二名是魏晨轩，第三名是秦诗怡。鼓掌，并且向他们看齐。”

在一片艳羡声和掌声中，温暖才消化完这个事实。她吞了口唾沫，艰难地问许言之：“你是怎么做到上课睡觉还能把班长和学习委员压下去的？不如教教我？”

“可能是靠脑子。”许言之看她半晌后，问道。

“你是不是在说我没有脑子？”温暖奓毛，她虽然成绩一般，但她也不傻啊！

“能听懂，那或许还能抢救一下。”许言之逆着光，嘴角往上翘起，一抹浅浅的笑意在唇边漾开。

秋季的天气很舒适。阳光正好，微风不燥，偶尔还有校园里花树飘过来的好闻的香气。一切美好的事物，好像都不及许言之不经意的笑。

温暖一直觉得许言之是一个清秀的面瘫，可是现在应该要改口了，他是一个帅气的面瘫。

“老师，我请求跟许言之坐同桌！”刚好，她以前的同桌因为转学出国已经一个星期没来了。

欧阳略加思索，点了点头。有许言之帮忙，温暖的进步应该不会小的。

“午安啊，同桌！”温暖把东西都搬过去，双手交叠靠在许言之旁边的书上，一双闪着光的眼睛眨了眨。

许言之暂时没理她。

第二章

谢谢，温暖，你也很漂亮。

·01

今天的天气很闷热，空气中混杂着一股做完课间操的汗水味，还有甜腻的冰激凌的味道，以及一闻就让人分泌唾液淀粉酶的辣条味。

温暖的位置正处于吊扇下方，刚好吊扇把风都送到了她身上。

温暖转头，发现许言之早已经睡过去了。

天时地利人和，不用来睡觉真是可惜了。

“夏温暖！”

欧阳突然拔高了声调，尖锐的女高音吓得睡梦中的温暖一个激灵。温暖站起来，因为跑完步的腿还有点发软。

许言之也醒了，还有点迷糊的样子看起来很无辜。

“欧阳老师，这儿还有一个。”温暖面不改色地供出许言之。

“行了你别废话，老规矩。”欧阳灼热的注视让温暖不由得虎躯一震，连忙识相地往外走。

等欧阳走了，温暖才从外面进来。室外的温度还是有点闷热的，她进来的时候就好像一个火炉，浑身散发着热气。

许言之往边上坐了坐：“我这边比较凉快。”

温暖跟许言之换了个座位，一边吹风一边怒斥欧阳没人性。许言之安静地听着她絮絮叨叨的说话声，目光扫过欧阳刚才讲解的试卷：“我帮你补习吧。”

温暖说到一半，突然停下来：“你刚刚说什么？”

“为什么这里要选 D？”

许言之顺着温暖手指的地方看过去，是一道英语对话题。

“虚拟语气结构，表示与过去事实相反，意思是应该完成却未完成，有自我指责的意思。”许言之分析得很认真，看题时眉眼微微下垂，长长的睫毛在眼睑覆上一小块阴影。

温暖盯着许言之的侧脸看，他的侧颜立体而又有些冷峻。讲题的时候，眼神专注认真，修长的手指夹着一支笔，在试卷上写写画画。温暖看着看着，突然就觉得，世界上怎么会有这么好看的人？

“听懂了没有？”许言之拿笔在温暖脑门上敲了敲。

他看着温暖，触及她微微走神的眼睛，突然叹了口气，仿佛认命一般地说：“我再给你说一遍。”

· *02*

温暖的底子并不差，有许多东西只要一提她就能知道。经过许言之不厌其烦的指导，温暖进行了深刻的自我反省，同时也对着自己布满红叉的试卷一阵捶胸顿足。

许言之平时是个沉默寡言的人，基本不怎么跟别人说话，但是只要一做题，就能变成啰嗦老太婆，温暖对此表示深有感触。

经过半个月的勤奋学习，以及许言之的辅导，温暖第二次测验的成绩总算好看那么点了。温暖为此高兴了一天。

今天是周五，温暖把东西收拾好就撑着桌子盯着许言之看。

许言之被看得不自在，胡乱地摸了两把自己的脸问她："我脸上有什么吗？"

"有一个字。"

"什么字？"

"帅。"

许言之没理她，只是转过身的那个瞬间，心里有些慌乱，连带着脸色都开始泛红。

温暖绕过来看他，他就转过身去。

她又看了许言之几秒，才不确定地说："你是不是在害羞？"

"没有。"许言之矢口否认。

温暖突然笑起来，开始只是隐忍地笑着，肩膀一抖一抖的。后来实在忍不住了，就捂着肚子哈哈大笑起来。

许言之脸色黑了黑，像是忍了又忍：“闭嘴！”

温暖对着他吐了吐舌头：“略略略！”

许言之一下没忍住，手指屈起在温暖脑袋上轻轻敲了两下。

温暖被他敲得有点蒙，护着脑袋斜睨着他：“你是不是恼羞成怒？”

“闭嘴！”

温暖还欲追问，许言之干脆拎起书包掠过她，自带屏蔽效果飞快地走了。

温暖回家的时候，还跟隔壁442班的余泽打了声招呼。余泽因为课文没背完，被班主任留堂了。等她毫不犹豫地嘲笑完余泽，时间已经过了六点。她家离学校不远，走路用不了十分钟。

在玄关处换好鞋，温暖把书包放在沙发上。玻璃餐桌上已经摆放好了热腾腾的饭菜，青红相交的颜色，还散发着一股诱人的香气，让人忍不住食欲大开。

温暖在外面找了一圈，没发现夏煦，这才往房间里走。

“你回来看看暖暖吧，暖暖挺想你的。”夏煦站在窗台边上，因为习惯的原因，打电话时总喜欢用手指叩击桌面。

夏煦细微的说话声音从并没有被关紧的门缝中泄露出来，语气里还带着点像是恳求的意思。

温暖脚步顿住，浑身上下都以一种可怕的速度僵硬起来。这种感觉就像电影《冰雪奇缘》里，安娜公主被一点点冰冻起来最后变成一尊雕塑一样。

· *03*

“阿瑜，对不起。”

夏煦的声音有些沧桑，一时间让人无法联想到这个声音的主人是清溪大学雷厉风行的历史教授。

温暖此刻像是一只提线木偶，以一种奇怪的、僵硬的姿势转身，然后往外走。她甚至连鞋都忘了换，穿着那双粉红色的家居拖鞋出了门。

秋天的晚上来得很快，天空的彩霞一下子就被黑暗覆盖，几颗闪着微弱光芒的星星躲着那轮皎白的月亮远远的。

温暖突然觉得有点冷，从内而外的冷。就好像冬天伊始，寒霜初降的冷。她把薄外套裹得更紧一些，以此来汲取一点她自己身上的温热。

温暖漫无目的地走了很远，远到她都分不清这里是“荷花路”还是“紫薇路”，但是这又有什么关系呢？反正都是被妈妈抛弃的人了。

安娜公主至少被她的姐姐用爱救下来了，可她呢？

许言之刚下班，照旧买了一些菜和水果。过了马路看到前面有个背影很像温暖，他走近才发现真的是温暖。

“温暖？你怎么在这儿？”按照上次吃完小龙虾她离开的方向来看，跟这条路完全是南辕北辙。

温暖看了一下来人，应了一声又转过头。许言之注意到她脸色不对，还穿着拖鞋，不免有些疑惑：“怎么了？”

温暖闹腾惯了，突然安静下来，让他除了不适应之外，还有些担心。

温暖顺势坐在花坛旁边的水泥石阶上，许言之跟着坐下来。他看到温暖因为不开心而皱起的好看的眉头，以及眼睛里突然缺少的活力，突然就不想知道原因了。

晚上昏黄的路灯照在温暖的身上，仿若拥抱着她一样给她光和热。许言之坐得离她更近一些，让自己的影子挨着她的。

温暖，你看到了吗？你并不是一个人。

在你难过的时候，还有我陪着你。

口袋里的手机突然振动了一下，是一条恼人的骚扰信息。许言之看了看时间，已经九点了。

“想回去吗？”许言之看着温暖问。

温暖摇头。

“那就去我住的地方，我把东西放了，就带你去玩好吗？”许言之站起来，又问，“你吃晚饭了吗？”

“没有，我好饿。”温暖揉了揉肚子，可怜之色溢于言表。她出来的时候没带钱，又不想回去拿，早就已经饿得受不了了。

“那等一下先去吃饭。”许言之把温暖拉起来，带着她往附近的小区里走。

许言之掏出钥匙开门，在墙壁上摸索着开关把壁灯打开。一瞬间，亮堂的光线充满了整个房间。

很小的一间房子，很简单的装修，但是却布置得舒服。浅麻黄的窗帘，一拉开就能看到清溪市的夜景。虽然不临近公路，可是处在高层，还能看到蜿蜒的公路上无数闪闪发亮的车灯在流动。

“你家人呢？”

· *04*

家人……这似乎是一个很陌生的字眼。

许言之把东西放下，洗了手又甩手擦干，似乎在斟酌该怎么样说出口一样。

“已经不在了。”许言之从厨房走出来，企图抛开一下子变得有些沉重的气氛，“我们走吧。”

温暖呆愣间，房间的灯已经熄灭了。

其实她还有很多想问的，例如：为什么这么晚回家？许言之在她眼里，就像是一个谜。

许言之在上次那个地方，点了一份小龙虾，又买了好几瓶水，还有一个面包。他把面包递给温暖：“先垫一垫，空腹吃那么辣的东西会受不了。”

“许言之，对不起啊。”温暖因为吃着面包，说话有些含混不清。

“有没有好过一点？”许言之把矿泉水瓶盖拧开给她，问。

有啊，在我因为失去母亲而难过的时候，有些人，像是许言之，父母双亲都已经不在了，他还坚强地在安慰我，还有什么不好过呢？

温暖吸了吸鼻子：“小龙虾来了。”

已经是半夜，路上除了为生计摆着小吃摊的摊贩，就是下晚班回家的人。他们大多行色匆匆，像是为了终于能回家舒服地洗澡睡觉而着急一样。

“许言之，你看到了吗？”

“什么？”

“十二点钟方向，有一个小偷正在扒一位阿姨的钱包……”

“那是八点钟方向。”

“都一样。”

温暖和许言之对视一眼，然后快步上前，温暖铆足了劲儿喊了一声：“抓小偷啊！”

小偷受了惊吓，连忙往后跑。许言之就从后面蹿出来扑倒他，死死地抓住他的手。

温暖把钱包抢过来，还瞪了小偷一眼。

许言之看着温暖笑了笑，力道一松就被小偷钻了空子跑了。他站起来拍了拍手，刚好把温暖的表情收进眼底。

他看到温暖眼底闪着细碎的亮光，嘴角上扬。她把钱包还给那位阿姨，还老成地教育阿姨要把钱包的拉链头塞到拉链里去，这样小偷不容易得手。末了，她还加一句：“可不是每次都能碰上我们这么热心的学生的。”

许言之嘴角弯得更明显了。

“许言之你是不是在笑？”

“没有。”

· *05*

周一如期来临，早课后所有人都要参加升旗仪式。

温暖来的时候许言之已经睡了一觉醒来了，他看起来好像很疲惫，眼底一片青色。

许言之平时沉默惯了，要排队下楼都没有人叫他。温暖把书包放好，拽着他下楼。他们两个是最后到的，分别站在了男女两排的末尾。

许言之站着还闭着眼睛，好像下一秒就要倒下去一样。温暖不得不随时注意许言之的动向，就怕一个不小心他就一头栽到塑胶地板上了。

早晨的风湿润清新，一丝一缕，带着下过雨后的清凉。

温暖的脚边有一块小小的草地，青翠的叶子上挂着几颗晶莹剔透的水珠。在她有意无意的触碰下，水珠滑到叶子顶尖，“啪嗒”一声，落到了她新买的白色板鞋上。

温暖听到有学生代表上台讲话，声音有点儿熟悉。

她抻长脖子往前看，果然是余泽。他难得穿一回校服，天蓝色的，看起来整个人很是清爽，朝气蓬勃。他讲话的样子很认真，拿着话筒，看着手里的纸张一字一句地念着，声音清透明亮，充满了这个年纪该有的激情。

“好看吗？”蓦然间响起在耳边的声音吓了温暖一跳。

“你醒了啊？”温暖拍了拍胸膛，缓和了一点。

“我一直没睡。”许言之侧头往中间看了一眼。他身形高挑，只稍微抬一下头就能看清楚升旗台上的那个人。

余泽下台，校长接过话筒，说起话来抑扬顿挫：

“上周五晚上，441班有两位同学见义勇为，帮一位阿姨从小偷手里抢回了她的钱包。因此，这位阿姨特意找到了我们长宇中学校长室，要求我们点名表扬这两位同学……”

“我怎么觉得是我们？”温暖推了推许言之的手臂。

“就是我们。”

温暖不知道自己是怎么在众目睽睽之下走上升旗台的。那时候她慌张得根本不知道看哪里，于是紧紧地盯着头上的五星红旗看。看着看着，心里突然就生出一种“我是共产主义接班人”的自豪感。

她还在看不到的地方拽紧了许言之的校服，直到一面大红色的锦旗出现在眼前，她才把手伸出来接过，对着校长傻乎乎地笑。

“致谢。”许言之凑过来在她耳边提醒。

温暖愣了一下，然后对着校长鞠了一躬：“感谢领导！”

底下的人群突然躁动起来，各种各样的议论声不绝于耳。能给别人带来欢乐，好像也……挺好的。

温暖侧头看了许言之一眼，刚好，许言之也在看她。她冲许言之笑了笑，把锦旗在他眼前挥了挥。

许言之回她一个笑，虽然很淡，却足够让一些女生疯狂了。

从那以后，“许言之”这个名字就在女生圈里传开了。连带着441班的女生都对许言之刮目相看，私底下讨论的也都是：“哇哦，同班这么久，也没看出来许言之竟然这么帅啊！”

温暖从校长室回来，兴奋地凑到许言之旁边，像是变魔术一样从背后拿出两张照片来。

背景是庄严肃穆的升旗台，主角是温暖和许言之一人一头拿着“见义勇为”四个大字的锦旗。温暖低垂眉眼看着锦旗在笑，而许言之侧着头看着她在笑。

“抓拍技术可以啊，把你拍得这么帅！”温暖眼睛微微眯起，笑的时候露出八颗洁白的牙齿。两颊红扑扑的，还有两个小小的、浅浅的但是又好看得不得了的梨窝。

谢谢，温暖，你也很漂亮。

第三章

这孤单的十三年，你是怎么过来的？

· *01*

温暖从学校出来，顶着西下的夕阳在校门不远处路边的香樟树下站定。水泥路面因为被曝晒了很久的原因，热度隔着鞋底都能传遍她的全身。

温暖把校服外套搭在屈起的手臂上，时不时往校门口看两眼，看样子像是在等人。

香樟树上有一个鸟窝，它隐藏在交错的树干中间，周围还有肥厚翠绿的叶子遮挡，总有“叽叽喳喳”的稚嫩叫声传出来。不一会儿飞回来一只鸟，它嘴里衔着外出觅回来的食物。它挨个儿给张大了嘴巴的小鸟喂食，直到小鸟喧闹的声音渐渐小了下去……

温暖不知道自己看了多久，她只是在这短短的几分钟里，脑海里突然晃过有苏瑜在的日子。

苏瑜是她的妈妈，一个很漂亮很优雅的女人。

“等久了吧？”余泽显然是跑过来的，从他大口喘着气以及额头上布满的细密汗珠来看。

“在我可以接受的范围之内。”温暖把书包和外套丢给他，“但你还是超出了约定的时间，所以得有惩罚。”

余泽抱着东西跟在她后面，两人沿着林荫路直走，经过一个拐角不见了。

许言之不知道自己关注了他们多久，只是在温暖等待的时间里，他也在等待。直到余泽出现，他们一起离开。

许言之转身，朝着完全不同的另一个方向走去。

今天是余泽爸妈回家的日子。

余泽的爸妈都是自由职业者，一般情况下都周游在世界的各个地方，一年难得回来一次。

所以啊，余泽一个人在家，不想做饭的时候就直接跑到隔壁温暖家里蹭饭吃。从小到大，也就和温暖吃出感情了。

温暖家里比余泽家要稍微好一点，她的爸爸是大学教授，虽然也经常不在家，但是到了晚上还是会回来张罗温暖的晚饭。

当初的两个小小的少年，就这样互相依偎着，长成了现在的模样。

温暖时常调侃余泽住在广寒宫，毕竟他家没有一丝烟火气。而今天晚上，他家一直暗着的壁灯终于亮起来了，暖黄的光线很温暖。

余泽打开门，就闻到不怎么用的厨房里蹿出来饭菜的香气，有两个人影在忙着洗菜切菜炒菜，沙发上则坐着温暖的爸爸。

“爸妈、夏叔叔，我们回来了。”余泽打过招呼，把怀里的东西放下。

“回来啦，赶紧洗手准备吃饭！”夏煦把报纸放下，又去厨房把碗筷都端上桌。

“小泽跟暖暖回来了？那这就开饭了！”余泽的妈妈偏头往外看了一眼，满心满眼的欣喜。

“好嘞！”温暖应了一声，拉着余泽去卫生间洗手。

冰凉的水顺着手背流下，温暖突然玩心大起，趁着余泽越过自己去洗手的空当，将手贴在他的后颈。

“夏温暖！”余泽叉着腰追出来，看到温暖躲在自家妈妈背后跟他做鬼脸。

“小泽！都说了多少遍要让着暖暖，你怎么一点男子汉气概都没有？”徐莹一边瞪她，一边还让温暖别跟余泽计较。

温暖看着余泽因为憋屈而有些涨红的脸，不给面子地笑出声。

一顿饭吃得其乐融融，温暖和余泽都是外向的人，吃饭期间没少说话。等夏煦领着温暖回到对面的时候，温暖还有好多话没说完。

· *02*

突如其来的一场大雨浇得教室外面的花树都已直不起腰了。

走廊被风吹进来的雨水打得潮湿，只是路过都会有雨水灌进衣领。温暖从外面进来，忍不住打了一个哆嗦。

“许言之你还安好吗？”温暖快速找到座位坐下来，偏过头问他。

“不太好。”

许言之枕着手臂的脑袋换了一边，正对着温暖。他没睡醒时声音低沉沙哑，眉头拧成了一条绳。

“怪不得。”

温暖了然地看了一眼室外的天气。天空阴沉沉的，她两只耳朵都被“哗啦啦”的雨声充斥着，和着教室里嘈杂的说话声，格外热闹。

“你是不是每晚都去做贼了啊？”

“你才做贼。”

许言之被她吵得睡不着，干脆撑着桌子坐好，用手扒了扒自己睡得乱糟糟的头发。

“许言之。”

“嗯。”

“有没有人说过你很性感？”

“滚。”

许言之一巴掌盖在温暖脑袋上。

“许言之你竟然会爆粗口！”温暖惊奇得睁大眼睛。

“有这个时间不如赶紧准备准备第三次测验。”许言之毫不留情地把一大摞试卷丢在温暖桌上，“我已经把重点题型都标注出来了，你先挨个做一遍。”

“我能不做吗？”

“不能。”

临近放学，雨势也丝毫没有变小，反而还有变大的趋势。教学楼一层旁边有一条水沟，因为雨水的加入开始泛滥成灾，脏水不断往外溢出。原本的黑色也被冲得很淡，变成了一点点的灰。

温暖和许言之并肩站着，等雨停的人还很多，熙熙攘攘的，挤满了一层的长廊。

雨幕拉得越发大了，噼里啪啦掉下去的雨点在水泥地面砸出一片高高的水渍。啧，真疼。

不少家长开着车来接人，也有带着伞走路来的，很快，一层长廊就走得只剩下他们两个了。

温暖叹了口气。自家老爸是肯定来不了的，余泽又因为爸妈回家所以请了一天假……

“许言之，你把手机借我一下。”

许言之从肥大的校服裤口袋里掏出一部黑色的智能机，还是当时手机店搞活动充话费送的。

温暖利落地拨下一串号码：“余泽，江湖救急！地点，学校1教学楼一层；人数，2！”

许言之想脱衣服给温暖盖住的动作一下子就僵住了，整个人像是被按了暂停键一样。

余泽拉开窗帘往外看，一下子就明白了。他拿了两把伞匆匆出门，甚至连理由都没有跟正在做饭的两个大人说。他家只有两把伞，一把自己的一把温暖的。他也管不了这么多，径直奔去学校。

许言之就这样安静地凝视了温暖几秒，突然就把心里的话问出口："你和余泽很熟吗？"

"熟啊，从小穿一条裤子长大的。"温暖把手机还给他，还郑重地拍了拍他的肩膀，"放心吧，小伙子，余泽一会儿就带伞来了。"

很想知道被你全心全意信任的感觉，也想成为那个让你记得住电话号码的人。温暖，你看可以吗？

余泽到的时候果然发现温暖被困在教学楼，雨势太大，都没办法往外迈出一步。他仅仅走了十分钟，鞋袜就已经全湿透了。

"电话打得真及时，回去还能赶得上晚饭。"余泽忍不住揶揄她。

"不说话没人当你是哑巴！"温暖掐了余泽的手臂一把，顺便把伞抢过来给许言之。

"和我们一起走吗？"温暖站在雨里，需要仰起头才能看到他的脸。

"不了，我要去的地方和你们不同路。"许言之盯着被余泽保护得很好的温暖，默默地把伞撑开。

他走进雨里，隔着模糊的雨幕和一片宽大的伞沿，让人看不清表情：“再见。”

他挥了挥手，转身下楼梯，绕过暗红色跑道中央的一个水坑，走出校门，背影也慢慢地缩成了一个黑色的小圆点。

· *03*

第二天温暖华丽丽地感冒了。

头昏脑涨、鼻塞、喉咙痛，各种症状层出不穷。上课还总是在吸鼻涕，纸巾一连用了好几包，桌面上堆着的白花花的纸团正以肉眼可见的速度增加。

许言之帮她去食堂打饭，刷了饭卡准备离开，一转身被一个女生撞了个满怀。碗里的汤洒出来一些，溅到了他端着盘子的手指上。

还是刚出锅的蘑菇汤，许言之眉头皱了一下，幸亏洒得不多。

“那个……不好意思啊，我不是故意的，你没事吧？”女生小心翼翼地凑过来，像是为做了错事而心虚一样。

“都是因为下雨，地面太潮了，我没站稳所以就……”苏薇还想解释什么，在看到许言之冷冷地扫了她一眼，她立马就闭嘴了。

一转眼看到许言之的手指有些泛红，她又忍不住拿了湿纸巾出来：“你赶紧敷一下吧，要不然会起泡的。”

许言之看了眼被递到半空的还散发着香味的洁白湿纸巾，

重新把盘子端起来，头也不回地走出食堂。

地面被前两天大雨冲刷下来的树叶铺了厚厚的一层，青色的黄色的，脚踩上去感觉很柔软。

许言之从学校医务室里买了感冒药出来，盘子里的饭菜还是温热的。他回到教室，把东西都放在温暖桌上，这才转身往饮水机的方向走去。

接水兑药泡开，余光瞥到温暖在扒拉着盘子里的胡萝卜跟白菜，皱着一张脸小声嘟囔："我想吃糖醋排骨、红烧牛肉、豆腐鲫鱼汤……"

许言之走过去把药给她："不许。既然还没开始吃饭，那就先把药喝了。"

温暖叹了口气，端了许言之的保温杯把泛着甜香的冲剂一口喝下。无意间注意到许言之手指上有好几处红肿的地方，像是被烫的。

"你手怎么了？"温暖把他的手抓过来，眉心皱得厉害。

"没什么。"许言之把保温杯收好，然后催促她一句，"赶紧吃饭。"

午睡时候温暖一个人跑了出去，在左右两旁都种满了香樟树的小路上徘徊。她只知道校医室的大概位置，至于具体在哪里，还有待考证。

有人拍了拍她的肩膀，力道不大，却足够吓温暖一跳了。

温暖转身，看清是余泽，毫不留情地还了他一巴掌："你想吓死我啊！”

“你来这儿干什么？前面就到校医室了，哪里又受伤了？”余泽围着她转了一圈，确定没什么外伤才问。

“虽然你吓人挺不道德的，但还是谢谢你告诉了我校医室的具体位置。”温暖往前走，果然看到了隐藏在小路尽头香樟树下的校医室。

温暖拿了烫伤软膏出来，和余泽一起回到教学楼。

“你买烫伤软膏干什么？”余泽突然顿住，站在门口踌躇不前。

没人回答他。

班上的人都已经睡熟了，安静得能听见他们绵长均匀的呼吸声。余泽看到许言之把手里的感冒药分类放好，在一张便利贴上写好了吃法和注意事项，最后贴在温暖的桌面上。温暖把软膏包装打开，拉过许言之的手轻柔地上药。

整个教室的人都趴在桌子上睡觉，他们的动作俨然放大了无数倍。余泽在校服口袋里捏着感冒药包装的手指紧了又紧，最后无力地松开，转身回了自己教室。

· *04*

“薇薇，你最近跑厕所怎么这么勤？”徐宁小碎步跟上苏薇。

是啊，怎么这么勤？

苏薇透过干净透明的窗户玻璃，一眼就能看到许言之侧着头安静地睡着。有几缕阳光落在他白皙光洁的脸上，给他周身镀上一层柔和的金光。

有时候喜欢往往就在不经意的某个动作间，哪怕那个动作并不美好。

许言之，441 班学生。上课爱睡觉、学习成绩好、不爱跟人说话……距离食堂那次不美好的相遇已经过去了半个月，苏薇却还能清楚地记起那天发生的事情的每一个细节。

这大概就是喜欢吧？

他们的黑板上写满了密密麻麻的数学公式，数学老师拿老黄色的三角尺敲了敲黑板，喊许言之上去解题。

“嘿，叫你呢！”温暖戳许言之的手臂。

许言之在众目睽睽之下一脸迷蒙地上台，接过数学老师手里的粉笔，在黑板上唰唰唰地写下了一串证明，然后慢悠悠地下台落座。

“你能把智商分我一半吗？”

温暖盯着他的眼睛，很认真地问。

“不能，但我可以把零食分你一半。”

“成交！”

下午有一节体育课，整个高三都要参加。高三有五个班，超过 200 个人。上课铃一响，五楼的楼道里就像涨潮一样汹涌，熙熙攘攘的好不热闹。

温暖走在许言之旁边，她注意到自己身后有两个女生一直在小声讨论着什么，语气里是难掩的娇羞。估计是许言之的追求者。

这时其中一个女生突然推了一下另一个女生的后背，那女生发出一声惊呼直直地往前扑过去。

她们难道不知道在楼梯上这样做是很危险的吗？于是为了发扬雷锋精神，对得起自己的良心，温暖在半空中精准无误地抓住那女生的手臂，一边把她拖回自己身边站好，一边忍不住语气深沉地说："下楼梯扶栏杆，不推不挤我最棒，你懂吗？"

许言之一直注意着温暖，听到她用幼儿园老师的口气认真地教育她身边低着头的女生，一时间忍不住弯了嘴角。

苏薇抬头，就撞进许言之含着笑的眼睛。她突然什么话也说不出来，也不想追究温暖破坏了她刻意制造的机会，只愣愣地盯着许言之看。被挤得本就狭小的空间里，猝不及防地响起她如鼓点般的心跳。

今天并不热啊，可是苏薇能够感觉到从脖子那儿传来的热量直冲脑门，顺便也将她的两颊染得绯红。

体育老师对这次超过五分钟才站好的队伍显然并不满意，他拿着扩音器站在队伍前痛心疾首地喊："这是你们高三生涯最后一节体育课了，能不能好好地、充满仪式感地对待一下？"

人群里响起几声稀稀拉拉的附和："能。"

哎哟，真是要被你们气出病！

· *05*

十一长假如期而至，而余泽也暂时抛弃了温暖，和自家爸妈去周游世界了。临走时，余泽一只手搭在温暖肩上，十分郑重地跟她说："祝你节日快乐。"

快乐你大爷!

温暖在周五欧阳的课上贼兮兮地戳许言之问道："你那儿还招人吗？能卖萌能撒泼的那种。"

许言之幽幽地扫她一眼："对自己的认知还挺全面。"

温暖早就猜到许言之为什么每天都睡不够了，许言之不说她也不问，可那也不代表她真的什么都不知道。

毕竟……许言之身上除了沐浴露的蔷薇花香，还有一股淡淡的甜点的奶油味和一点点的水果香味。

许言之带着温暖去了一家叫"Sweet"的西餐厅，温暖平时就挺机灵，端盘子上餐还能把顾客逗得哈哈大笑。为此，餐厅老板不知道在许言之面前夸过温暖多少回。

周六周日白班，下午六点就能走，温暖和许言之一起回家。

秋天的晚上要来得快一些，外面也只透着一点点光亮。被花朵裹着的路灯突然一朵朵开起来，从他们的头顶一路向下，远处隐藏在黑暗里的路越发清晰了。

路过锦瑟广场旁边的人造湖，一溜儿鹅卵石砌成的矮墙铺排开。有巨大的柳树弯着腰，青绿色的柳枝上夹杂着枯黄色的柳叶，被柔和的晚风一吹，在半空中飘扬，落在湖面的，就漾开千层涟漪。

“许言之，我一直没有问你，这孤单的十三年，你是怎么过来的？”温暖看着他。

许言之父母双亡，被孤儿院收养。因为不想拖累院长，自己出来打工赚钱，自己供自己上学吃饭。每天来回在学校和餐厅，身边没有人护着，一定很辛苦吧?

“习惯了也就把这些事情当作了生活的一部分，还挺充实的。”但是温暖，有一点你不知道，餐厅老板也不知道。

他在孤儿院院长的帮助下，卖掉了之前住的大房子，用其中一部分钱买下了荷花小区简陋的一室一厅。剩下的，用来学习。所以，才会有现在这个算得上优秀的许言之啊。

时间恍若流沙，飞快地从指尖流逝。七天假期一过，对面教学楼的楼顶也挂上了高考时间表。

距离高考还剩：200 天。

温暖半梦半醒间抬头睨了一眼，还早得很，于是翻了个面继续睡过去。

前一天晚上余泽从机场回来，非要拉着她说一说在外面的奇遇，结果一说就说到半夜。她今天还是靠着坚强的毅力从床上爬起来的，顶着一对熊猫眼一到学校就睡了下去。

许言之也没比她好到哪儿去，放假期间餐厅特别忙，晚班工资翻倍，他也差不多半夜才回家。于是许言之和温暖在周一早上进行了会晤后，双双睡倒在物理课上。

物理老师从讲台上走下来，在他们旁边站定，然后推了推鼻梁上架着的黑框眼镜，很认真负责地问：“你们两个是不是对我有意见？”

温暖熟练地收拾好桌面往外走，一边走一边闭着眼无奈地抱怨：“这是第三次罚站了。”

不，温暖，这只是第二次罚站。

我的意思是，只有我和你，我们两个人。

第四章

我表白，你接受，好吗？

·01

欧阳从楼下办公室拿了两条红绸上来，路过教室发现温暖和许言之排排站着还在打瞌睡， 不免有些痛心。

“时间就是金钱，你们知道吗？”

温暖和许言之沉默。

“算了，你们可能不知道。既然你们闲着没事，就去对面帮我挂一下对联。”欧阳把绸子塞到温暖手里，自己先下楼了。

温暖和许言之爬上对面教学楼五楼，分别在高考时间表左右两侧站定，把印着黄色粗字体的对联从顶端丢下去。

红绸在半空中倾泻而下，带着风的大声呼啸。

有志者，事竟成，破釜沉舟，百二秦关终属楚；苦心人，天不负，卧薪尝胆，三千越甲可吞吴。

温暖和许言之对视一眼，笑得眉眼弯弯。

欧阳拎着相机上来，把刚才的图片翻出来笑着说：“你看看你们俩像不像财神像旁边那对金童玉女？”

学校昨天接到通知，周四那天省教育厅会派一位资深的老教授来长宇中学给高三学生做一个关于高考的讲座。所以整个学校都在为这件事做准备，为了给老教授留下一个深刻的、美好的印象，校长勒令所有学生——

男生头发不能超过5厘米，不能染发烫发；女生头发必须扎起来，不能染发烫发，不能化妆，不能穿高跟鞋。

为了不被欧阳抓出去，温暖特意拿尺子给许言之量了量，刚好踩线。

“嘿，去理发吗？我知道一家手艺特别好的理发店。”余泽从窗口探进来一个脑袋问。

放学后，温暖和许言之跟着余泽从超市旁边拐进一条有点绕的巷弄里，一间带着复古味道装修的理发店立在眼前，很有一股韵味。

余泽把许言之摁在座位上，开口就喊：“老板，麻烦给他来一个板寸头！”

温暖在脑海里迅速回忆了一遍“板寸头是什么头”之后，吓得整个人都震颤了一下。她记得以前班上有个男同学，剪了一个板寸头之后，几个月都没有来上学，等修复好心理创伤，都已经临近期末了。

“别说我没提醒你啊，板寸头可是用来考验颜值的。”余泽咧嘴一笑，然后坐在许言之旁边，“我也要剪一个。”

许言之在自己面前的镜子里看到温暖坐在他后面，小小的一只窝在沙发里，一副欲言又止的样子。

他回过头，在造型师身后用口型告诉温暖：“放心。”

· *02*

温暖是真的相信余泽的话了。

板寸头就是用来考验颜值的。

至少，他们两个走出去后，路人的回头率明显比来的时候要高。温暖跟在他们后面，差点被一道道灼热的目光给烧成灰。

许言之刚进教室就听到一阵高过一阵的惊呼，连同女生们眼里表露出来的惊艳。他坐下，转身问温暖：“好看吗？”

温暖木讷地点头。

周四早上，所有人都被要求在七点赶到学校。然后校长举着大喇叭，分配着每一个班级负责的卫生区域。

441 班和 442 班负责操场和跑道。余泽扛着扫把跑过来，故意用扫把头追着温暖的鞋子扫。

“你是不是皮卡丘的弟弟皮在痒？”温暖举起扫把追着余泽打，两个人嘻嘻哈哈地跑远了。

许言之看了一会儿，然后在他们走过的路上把从他们簸箕里掉出来的果皮纸屑再扫进去。

礼堂的门打开，人群蜂拥着进去。余泽去得早，占了三个位置，还是靠走道的绝世好位置。温暖坐中间，许言之就坐在最旁边。

老教授西装革履地进来，把进校的卫生、着装、礼仪通通夸了一遍才进入正题，台下响起一片稀稀拉拉的掌声。

许言之的后座是扎了一条蝎子辫的女生，她似乎有点坐立不安。直到从外面进来的女生递给她一支笔，她才羞涩地笑起来。

“薇薇，加油！”徐宁坐在她身边，“我给你把风。”

苏薇从桌肚里把笔记本拿出来，又打开笔帽在满是粉红色泡泡的纸张上写下几行字。那些藏着的心事，很快就会随着这张漂亮的纸被送到许言之手里。

苏薇把纸张撕下来，精心将它折叠成了一颗爱心的形状，然后小心谨慎地把爱心塞进印了一行烫金小字的信封里。

爱的大海广袤而深沉，面向爱情的航船只能搭乘一对恋人。

许言之去上厕所的空当，苏薇也起身。她飞快地扫了一眼温暖和余泽，他们在玩游戏并没有注意许言之的座位。

苏薇身体前倾，把信封塞进许言之座位的桌肚。她装作若无其事地回来坐好，其实早已经经历了一番脸红心跳的慌张。

“哈，你又输了！”温暖压低了的声音依旧带着喜悦，“赶紧换位置去！”

就在刚才，余泽输掉了第二把游戏。温暖手比出的“石头”，捶坏了余泽比出的“剪刀”。

余泽第三把准备出的“石头”最终只是用力地紧了紧又松

开，不情不愿地走到许言之的位置上。

温暖，你知道“石头”“剪刀”“布”所蕴藏的意思吗？或许，你可以把它们反过来看看？

苏薇眼睁睁地看着许言之和余泽互换了座位，一颗心开始狂跳。脸上的燥热始终驱逐不去，她不得不总是喝水来掩饰自己的慌乱。

她只能在心里祈祷，余泽不会去动那张桌子。

· *03*

讲座结束，依旧是一片稀稀拉拉的掌声结尾。

余泽起身往外走，苏薇始终提起的那颗心也终于在这一瞬间落地。她站起身，抬脚跨过座位旁边的一个障碍物。

“余泽，你没乱扔垃圾吧？”温暖弯腰，往余泽座位上的桌肚里看，“这是什么？”

温暖把被压在各种塑料包装下，露出一个角的浅棕色信封抽出来，有一部分已经被油水浸湿，变成了飘散着辣条味的黄色。

温暖看了那行烫金小字，一下就了然：“哦，原来是情书啊……”

温暖的尾音拖得有点儿长，牵扯着苏薇本就狂跳不停的心脏速度更加快了一些，她整个身体都忍不住战栗起来。

随着温暖拆信的动作，苏薇抓着自己衣角的手指逐渐用力，甚至连指关节都在泛白。她跌坐回了自己的座位，在心里很仇恨地一遍一遍地喊着温暖的名字。

温暖……温暖……夏温暖……

“在食堂看见你的第一眼、在旗台上看见你的第二眼、在教室看到你的第很多很多眼……”

温暖念了一段，整个手臂就爬满了数以万计的鸡皮疙瘩。她浑身一抖，把信纸丢到余泽手里：“啧，真肉麻。”

许言之跟在温暖身后出去，过了一会儿又走回来。在余泽莫名其妙的注视下，许言之拍了拍他的肩膀，很认真地说：“啧，真肉麻。”

余泽：“……”

余泽看了一眼最后的落款，面色复杂地朝着苏薇投过去一道目光，然后跑了出去。

尽管现在的礼堂里已经没人知道写信的人就是苏薇，可她还是觉得周围所有人都在看她，目光热辣辣地刺在她身上。

徐宁拉她的手安慰：“没事，下次还有机会。”

不，你不懂。

心事一下子被公之于众并不是什么大事，我难过的是，我喜欢的那个人并不知道。

温暖……夏温暖，都是你！都是你的错！

苏薇趴在桌面上，为自己还没表白却已经受到嘲笑的遭遇红了眼眶。

许言之，你一定不知道，这封信，其实是送给你的。

余泽在老地方等着温暖出来，一棵繁茂的香樟树下。

“怎么不等苏薇？”温暖忍不住揶揄他。

“我又不喜欢她。”余泽一边走一边嘟囔。

“那你喜欢谁？”

“我喜欢……”我喜欢你啊。

温暖，我喜欢你。

不论她怎么死缠烂打，余泽就是不松口。温暖忍不住叹了口气：“真没劲。”

他们走的这条路，两旁都种满了香樟树，阳光透过繁密的林叶，在地面洒下许多细碎的光斑。

温暖从中穿过去，把光斑打碎，等她走过，那些碎片又恢复原样。有一束透进叶片的光洒在温暖乌黑浓密的头发上，将那一片染成了好看的金色。

温暖，等到了一个合适的时机，我表白，你接受，好吗？

· *04*

难得的，这天夏煦居然在家。

温暖头一次坐着私家车进入校园，顺带还捎上了余泽。

余泽利索地坐进后座，把书包一放：“夏叔叔，今天怎么有空送我们？”

“是我，不是我们。”温暖强调。

“你们不是要去秋游吗？我去给你们买点吃的用的。”夏煦说着把车停下，温暖和余泽往教学楼走去。

等到看不见他们的背影，夏煦才把车掉头，去了附近的超市。许言之就是在夏煦走了之后才进去的。

欧阳在台上滔滔不绝地讲着外出的注意事项，温暖在耳朵里堵了两团卫生纸，悄声问许言之：“餐厅那儿你请假了吗？”

许言之迷糊地“嗯”了一声。

许言之和温暖不一样。许言之每天都要去工作，周一至周五他就上晚班，周六周日他就上白班，碰到法定节假日，晚班工资就加倍；而温暖只需要周六周日去就可以了。

“许言之，你真好看。”温暖又说。

哦，你喜欢吗?

“和你做同桌我比较开心。”

哦，只是比较开心。

十一月的天气已经有些冷了，霜降已过，步入深秋，早晨总是冻得人手脚冰凉。温暖在大衣里面裹了一件薄毛衣，这才背着书包去学校集合。

秋游的地点定在临近清溪市的虞唐市落霞山，据说是一个很美的地方。温暖小的时候经常去，大了就再也没去过了。

三天两夜的短途旅游，已经成为高三学子们最后可以疯狂的机会。

五辆大巴车整齐地停在跑道附近，分别编了班级序号。温暖和许言之坐了一个双人位，两个人东西都不多，脚边还空出来一大块。

442 班人多，临时还塞了两个人在 441 班的车上。

“那是苏薇吧？”温暖趴在前排的座椅靠背上，一双眼睛跟着刚上车的女生走。

“我不认识。”许言之也认真看了一眼，然后回答她。

九点钟出发，清溪市距离虞唐市只有两个小时的车程，温暖昨晚太兴奋没睡好，所以上车不到十分钟就有点昏昏欲睡。

她脑袋挨着车窗玻璃睡着，车子行驶在有些颠簸的路段，被磕得砰砰作响。

许言之眉心微不可见地皱了下，然后伸手揽过温暖的肩膀，让她的脑袋靠着自己的肩膀，这样才舒服一些。

白天的太阳尽管没有那么灼热，刺眼的指数却并没有下降。他们座位旁边的窗帘不知道被谁扯走了，温暖被阳光照得不舒服，干脆一股脑儿埋在许言之肩膀上。

许言之伸手覆在温暖的右脸处，替她遮挡了一部分阳光。被光照着的那一寸皮肤，温度逐渐上升。

温暖睡得并不安稳，她伸了个懒腰：“还有多久到？”

许言之趁机揉了揉有些酸胀的肩膀回答她：“刚才欧阳说还有一个小时。”

她心里应该是难过的吧？目睹了许言之刚才做的一切，苏薇收回视线。可是为什么是你呢，夏温暖？

“许言之，我们来玩扑克牌怎么样？输了就拿出一包零食。”温暖从书包里掏出一副扑克。她起身的时候，扎好的齐肩长发垂了下来，乖顺地贴在耳侧和脖子上。

· *05*

“我不会玩。”许言之说的时候快速地瞥了一眼温暖的脸色，意外地没有看到她耷拉下来的眉眼。

“我教你啊！”

在温暖絮絮叨叨地跟他说“大王可以秒杀对方出的所有牌”和“打牌一定要记得抓分”的时候，她正吃着班长魏晨轩输牌后贡献出来的一包“好多鱼”。

温暖一边吃，还一边嘲笑魏晨轩：“你是小学生吗？竟然还吃这个？”

魏晨轩忍不住翻了个漂亮的白眼：“那你还给我。”

温暖不得不感慨一下，许言之果然是学霸什么都会，就算不会，学一下也就会了。

新一轮开始，许言之已经可以不用提示地抓牌，并且按序放好竟然一张没错。在温暖惊诧的注视下，许言之淡定地甩出一张王炸，捡走了魏晨轩打出来的三张K带一张4，轻轻松松就拿回来30分。

温暖看得目瞪口呆：“其实你是从外星来的吧？”

等许言之数了数自己有多少分在手里后，他轻飘飘地丢出一张2，以绝对的优势拿了第一。

“其实你是从外星来的吧？”魏晨轩瞪大眼睛，不可置信地问道。

许言之把他们俩的零食收回来放好，又洗了一把牌，才回答："这都被你们发现了。"

几个回合下来，许言之都把魏晨轩和温暖打怕了。魏晨轩拎着瘪下来的书包，一脸愤懑地回了自己的座位，临走还忍不住骂一声："许言之你不是人！"

温暖也输了不少，两颊鼓鼓的，目光落在窗外。

飞逝而过的景物变得越来越小，越来越模糊。温暖看着看着，就看到了一包近在咫尺、快要贴到脸的"浪味仙"，包装上还印着几个字：图片仅供参考。

她突然就笑了，把零食接过来："许言之，算你还有点良心！"

到达虞唐市已经是中午十一点，学校已经在落霞山脚下订好了餐厅和酒店。十二个人一张桌子，四个人一间房。

等温暖找到自己的房间再去吃饭，桌子都已经坐满了。正四处搜寻许言之的踪迹无果后，温暖刚想走，手腕就被人拉住。

"我们坐 442 班那桌，有两个空位。"

苏薇是看着许言之把自己的座位让出来的，让给了一个没有找到座位的男生，在温暖走进来环顾四周的时候。

"宁宁，坐我这里。"苏薇朝着徐宁招手，徐宁跑过来刚好在许言之和温暖之前坐了一个位置。

"只有一个座位了。"温暖还在看，犹豫着要不要坐。

许言之把她按在座位上坐好，又在旁边的空桌处搬了一张椅子过来："这不就好了？"

"许言之。"

“嗯。”

“你有没有觉得不好意思？”

“没有。”

“但是我想吃糖醋排骨……”

许言之搜索了一下糖醋排骨的位置，在一个女生面前，那女生一直没有动筷子。于是他伸手，把糖醋排骨转了过来，就停在温暖面前。

“吃。”

第五章

这大概是他人生里，第一个有意义的拥抱。

· *01*

虞唐市的天气要比清溪市好许多，阳光还带着不少的热量，下午在酒店的房间里还能看到美丽的日落。

和温暖一起住的女生刚洗了澡出来，头发湿漉漉的。电吹风的声音席卷了她所有思绪，打断了她对虞唐市的怀念。

突然有人敲门，在温暖愣怔间，声音越来越大。

“咚咚咚——”

温暖看了一眼三个室友，全都穿着可爱的卡通睡衣，她放弃了喊人去开门的想法。

房门从里面打开，温暖探出一个脑袋，因为吃了室友带的坚果说话还有些含混不清：“谁啊？”

许言之站在门口，把手里提着的热牛奶和面包片在她眼前晃了晃。

“晚餐没吃多少半夜会饿，我在附近的蛋糕店买的。”一句话交代清楚了缘由，顺便还把买东西的地址也供了出来。

温暖感动得无以复加，眨着一双星星眼看他：“许言之你真是我的衣食父母！”

许言之笑起来，右手手指收紧，然后抬起手臂敲在温暖头上：“这个成语可不是这么用的。”

“你在看什么？”徐宁洗了澡出来催促苏薇，“快去洗澡吧，等一下她们回来了就要排队了。”

苏薇收回目光，抓着门把手的手悄悄用力。等走道上那个穿着灰色毛衣的少年走远，她才关上房门：“好。”

早上六点三十分，温暖见到了在虞唐市的日出。

天空空旷高远，云朵白得纯净。落霞山脚是一片碧绿的草地，已经零零散散地坐满了人。

一条木板铺成的小道往前延伸，通往太阳刚升起的地方。连绵起伏的山脉好像距离他们十万八千里，可头顶飞过的青鸟却轻而易举地划过山尖，只余下清脆的鸣叫。

点完人数，大部队就往山顶出发。余泽从小道上穿过来，一头扎进了441班的队伍。

晨间的风格外凉爽，东边的日头也开始逐渐上升，散发着光和热的太阳一下子追上了他们的脚步，给登山的学生又加了一层难度。

“你说这都十一月了，怎么太阳还跟九月一样热？”余泽用纸叠了一把小扇子给温暖，他被明晃晃的阳光刺得眼睛都睁不开。

“虞唐市的温度一向比清溪市高，”温暖说着回了一下头，人头攒动的道路上一时间让人分不清谁是谁，她突然问，“许言之呢？”

“许言之？他不是一直跟你在一起吗？”余泽凭借着自己的身高优势四处望了望，除了无尽的人流，再没有其他。

温暖从大部队里退出来，和余泽一前一后地找。余泽跟着队伍上山，温暖就往队伍的末尾走。直到最后一拨人也离开了她的视线，她才意识到上坡后有一条分岔路。

原本喧闹的小路顿时安静下来，四周静得能听见自己额头上的汗水滑落下来滴在路面的声音。

温暖心脏开始快速地跳动起来，细密的汗珠布满了整个额头，细碎的发丝紧紧贴着她的皮肤。

路边的指示牌横七竖八地躺着，即使知道通过小路会出现什么，温暖也无法确定山顶到底在左右哪个方向。

算了，丢硬币吧！

· *02*

根据太阳升起的高度来看，现在应该已经接近九点了。落霞山登顶需要四个半小时，而她落单已经有一个小时了。

温暖从书包里拿了枚硬币，她决定如果是正面就走左边，反面就走右边……如果硬币立起来，她就在这儿等着。

“上天保佑！”温暖把硬币抛起来，用手盖住。轻轻地揭开，硬币正面的毛爷爷正含着笑看她。

“一般硬币决定的方向都是反的，那么就走右边吧！”为了以防万一，温暖把硬币放在右边路口处的草堆上，自己则背着包走了。

“总算找到你了，”余泽跑过来，他扶着许言之的肩膀喘了口气问，“你跑哪儿去了？”

“班主任找我有点事……温暖呢？”

温暖呢？

余泽下意识地往后看。他们大多已经登顶了，正坐在山顶上的草坪上休息。也有自告奋勇的同学已经开始垒灶生火，一缕炊烟被风吹散。还没到清点人数的时候，有几个学生才慢吞吞地爬上来。

余泽冷不防打了个寒噤，手臂上迅速攀上一层鸡皮疙瘩。

“我跟她分开找的，我往山上找你，她往山下……”

许言之右眼皮猛地跳了一下：“你在这里找找，我下去看看。”

“那我去告诉老师。”余泽找了一圈，突然就后悔为什么要让温暖一个人往下走。早知道她会丢，就不应该放开她的。

许言之在下山的路上飞奔，不知不觉间后背一片寒凉。

你是谁家少年？又为何人奔波？在这道路上彷徨，不知疲乏。

他记得山间有条分岔路，会不会……

许言之到那儿的时候，日头已经到了头顶。阳光洒在他黑色的衣服上，带来的已经不是灼手的烫了。

他看到草堆上的硬币在闪闪发光。

许言之捡起来，把那枚已经被晒得发烫的硬币捧在手心，嘴角终于有了一个小小的弧度。

他沿着右边的小路往前，在穿过了文塔、小湖泊、红色树林的凉亭里，找到了看样子像是在歇脚的温暖。

风好像都停了，静谧的凉亭里传来轻柔的歌声：

“怎么放心让你一个人流浪，为什么我没有能力飞翔？在梦里你在我身旁，提醒我一定要坚强……”

背对着他的温暖大概是休息好了，做了一下扩胸运动转过身，她看到他愣了一下，随即很惊喜地站起来：“许言之你终于来了！”

这大概是他人生里，第一个有意义的拥抱。

· 03

许言之给欧阳打了个电话，这才拎着温暖的包和她一起上山。

她似乎有用不完的精力，从上山到现在，一直叽叽喳喳说个没完。许言之盯着她的侧脸看，突然柔和地笑起来，眉梢眼角，都是被染上的小温柔。

温暖见到欧阳的时候，差点被欧阳的眼刀杀死。

余泽在她面前来来回回地晃悠，被她叫住：“有什么话就说！”

“我以后一定不会再让你单独离开了，你要是出点什么事，我……”一定会恨死我自己，吓死我了，你知道吗?

“你怎么样?”温暖把许言之拧开递过来的水灌下去，眼里装满了狡黠。

“夏叔叔一定不会放过我的！”我也不会放过我自己。

温暖坐在树荫下乘凉，忍不住挖苦他：“得了吧，我要是有事你肯定高兴透了，再也不会有人跟你抢游戏机。”

野餐过后就是自由活动时间，温暖拉着许言之往荆棘林子里跑：“虞唐温度高，野楠应该还没有落果。”

许言之拨开带刺的枝丫：“你慢点。”

温暖在一条长满了肥大叶子的藤蔓下，看到了想要的东西。一个一个垂在藤条上的野楠已经熟透，外皮成了布满斑点的棕色。

温暖拧了两个下来，把外皮剥开，露出里面白嫩莹润的果肉，凑近了闻还有着淡淡的清香。

“我最爱吃这个了，它叫野楠，只有大山里才有呢！”温暖满足得眯起眼睛，笑意快要溢出眼眶。

我知道了，你最爱吃野楠，只有大山里才有。

“给你试试。”温暖把剥开的野楠往他嘴里塞。

“你们在吃什么?我能尝尝吗?”苏薇已经看了很久了。以一个女孩子的直觉来看，许言之喜欢夏温暖。

这个发现，让苏薇很不舒服。

温暖认识苏薇还是因为上次那封情书，之后她特意让余泽指给自己看的。

苏薇是一个很漂亮的女孩，重点是……胆子大啊！教育讲座那么大的场合都敢写情书表白，这让温暖很佩服。

要跟余泽在一起的女孩，就得打好交道，说不定以后可以从她那儿拿到游戏机的主权。

“可以啊，这是野楠，很好吃的。”温暖又拧了两个，看着光秃秃的藤蔓突然有点负罪感，她拉着许言之出去，把剥了皮的给了苏薇。

“好甜。”苏薇走在温暖旁边，视线却落在温暖拉着许言之手臂的手上。

落日西垂，累了一天的学生们回到酒店准备洗漱。

“薇薇，你怎么了？”原本的宁静被打破，二楼房间的灯光一盏一盏亮起。

几个老师连忙赶过来，走道上一下子被挤得水泄不通。205 房间持续不断地传来哭声和呕吐声，扰得这一片都不得安宁。

“薇薇回来的时候就说肚子疼，以为是吹了风就没在意。结果越来越严重了，吐了七八次，还不停地冒冷汗。”徐宁扶着苏薇已经瘫软下去的身体，哭得上气不接下气。

“你今天吃了什么不干净的东西吗？”老师抱着苏薇往外走，后面还跟着一大片人。

· *04*

温暖随手拿了件外套披上，也跟着下楼。

“没有啊，薇薇一直跟我在一起，我们吃的东西都是一样的。”徐宁跟着跑到一楼，男生们都已经拉灯起来了。

“老师……”苏薇拧了拧眉头，似乎在挣扎着说不说似的。

“你说。”

“今天下午我吃了 441 班夏温暖给的野果。”

苏薇话音刚落，走在她旁边的男老师就忍不住训斥起来：“胡闹！山上的东西是随便就能吃的吗？”

“夏温暖，就是你！”徐宁眼尖，从人群里把温暖拽了出来，“你为什么要害薇薇？”

温暖皱眉，抓住徐宁的手甩开：“你什么意思？”

“你还问我！是不是你给薇薇吃了不干净的东西？”徐宁话刚出口，温暖就听到聚集过来的人群已经就这件事讨论起来。

温暖觉得好笑，她从小就吃的东西，竟然被人说成不干净：“野楠我也吃了，那我怎么没事？我不仅吃了，我还吃了两大个，我怎么没有上吐下泻冒冷汗？”

徐宁僵直地站着，似乎是因为找不到话来反驳，一张小脸憋得通红。

“夏温暖！”男老师站在徐宁面前，脸色铁青，“你还顶嘴，你这是什么态度？你到底知不知道自己做了错事？有些人的肠胃并不是那么好，所以就会出现这种情况。但是你的态度很恶劣，我决定回去就跟校长说，扣你 20 学分！”

“你不公平！”温暖气得脸颊涨红，眼睛睁得大大的，因为愤怒，胸膛不断地上下起伏，“是苏薇自己说要吃的，你怎么能怪到我的头上！”

欧阳从楼上下来时，刚好出租车也到了。一拨老师带着苏薇去了医院，一拨就留了下来照看剩下的学生。

“温暖，到底怎么回事？”欧阳把其他人赶回去睡觉，问她。

“苏薇肚子疼，说是吃了我给的野楠。可是我们也吃了，我也没事啊！而且是苏薇自己要吃的，跟我有什么关系？于老师怎么能不听我解释就那么说我呢？”

“你们？”

“还有许言之。”

许言之刚好在洗澡，洗完出来才知道外面闹起来了。等他走出来，酒店门口已经只剩两个人了。

“欧阳老师，我也吃了，我也没事。”许言之走过来，很肯定地说。

温暖突然就觉得，他像是一道光。

“我知道了，你们先回去休息。我去一趟医院，会跟于老师说明白的。”欧阳揉了揉温暖的脑袋，“放心，苏薇不会有事的。”

许言之在她身边坐下，也揉了揉她的脑袋：“我知道你担心苏薇，也知道你没有做错，放心吧，欧阳老师会带好消息回来的。”

听到许言之说话，温暖鼻子忽然就有点发酸。她低着头，眼眶一下子热了起来。

许言之揽过她的肩膀，温声说道："我知道你委屈，想哭就哭吧，我不笑话你。"

许言之才说完，温暖眼泪就"啪嗒啪嗒"地往下掉，沾湿了许言之肩膀上的一大块睡衣。她带着浓浓的哭腔跟许言之说："我本来不委屈的呀，可是听到你说话，我就觉得，真的好委屈。"

· *05*

余泽看了一会儿，狠狠地压制住想要递出纸巾的欲望。如果再待下去，他可能也会觉得很委屈。

结果下来得很快，第二天吃早饭的时候，欧阳就当着所有师生的面拿了诊断书出来："昨天的事，大家都应该清楚了。别的我也不多说，但是我要帮我们441班夏温暖同学说一句话。苏薇同学昨晚出现呕吐和发热的症状完全是因为误食了路边有毒的金银木，并不是因为夏温暖给的野果引起的。"

欧阳顿了顿又说："这件事情告诉了我们一个道理，东西不能随便吃，尤其是山上的。"

在欧阳声色并茂的讲述下，吃饭的人突然笑起来，气氛变得愉快轻松。可是温暖却怎么也高兴不起来，她垂着头夹了块排骨往嘴里塞，嚼着嚼着就蓄满了一眼眶的泪。

在这之前，温暖还收到了来自于老师的道歉。

大概是欧阳保护了她其实并不强大的自尊心，大概是向来严肃的欧阳为了她要当着全体老师同学澄清什么。

这场闹剧在为期三天两夜的旅游中很快揭了过去，而苏薇因为身体原因已经被送回了学校。

在虞唐市的最后一个上午，温暖在欧阳那儿请了三个小时的假，要去一趟红郡中学。欧阳不放心，让许言之跟她一起去。

红郡中学的校服是黑红的颜色，他们集合的时候，整个操场被这样的颜色覆盖住。

温暖熟门熟路地找到简清雅的教室，果然看到空旷的教室里只有一个女生趴在桌子上涂涂画画。大概因为桌面上堆积了太多书本的原因，简清雅的动作显得束手束脚的。

简清雅因为身体不太好，体育活动全都要缺席，所以每回课间操都待在教室里画乌龟，温暖离开的时候是这样，回来了这个习惯也依旧没有改变。

温暖从后门进去，拿手捂住她的眼睛："猜猜我是谁？"

简清雅胡乱地猜了几个名字，温暖嚷嚷了一声："没劲！"

"夏温暖！"简清雅突然大叫起来，转头激动地看着温暖，"是你吗？"

温暖张开手臂："是我啊，我回来了。"

温暖小的时候其实是住在虞唐市的，后来因为爸爸在清溪大学工作，所以卖掉了虞唐这边的房子。

温暖只记得当时一家人走得匆匆忙忙，她都没有来得及跟简清雅道别。后来她才知道简清雅因为这件事，哭了许多回鼻子。

简清雅是温暖在虞唐很好的朋友，尽管温暖五岁时就离开了虞唐市，可她在之后的每一年，都思念着幼儿园时代的好朋友。

她初中时候，还经常偷偷跑到虞唐市找简清雅玩。两个人即使坐着一下午不说话，也不会觉得别扭。

简清雅盯着温暖看了许久才问："你是不是交男朋友了？"

温暖一回头发现许言之站在教室外的走廊上，专注地看着操场上的人。

"没有啊，我呢是一个特别爱学习的人，只有课本才是我的男朋友！"

简清雅请了一节课假，跟着温暖在附近溜了一大圈才依依不舍地跟她挥别。

"回去吗？"许言之走过来，把刚买的柠檬茶给她。

"许言之，你知道吗，我特别喜欢虞唐。"温暖回过头来看他，"那个时候，我的家还不是四分五裂的家。"

第六章

你有没有发现你的魅力越来越大了？

· *01*

我大概……也是很喜欢虞唐的。

春天的时候，我在东路的花圃里种了一棵树，是刚抽出嫩芽的那种树苗。我每天都会给它浇水、捉虫，给它拔掉周围长出来的杂草。

有一天啊，虞唐下雨了。刚开始只是几滴几滴，很柔和地下着。后来狂风大作，暴雨倾盆。

我担心小树苗会死，所以从家里冲出去。你知道我看到了什么吗？

有一个穿着粉色裙子的小女孩，大概也是怕小树苗会死，她撑着一柄绘着江南烟雨的油纸伞，安静地蹲在石阶上。

她用小小的伞，遮住了树苗。从伞檐上滑下来一串一串的水珠都落在她粉色的裙子上，雨点拍打在地面溅起的水花将她裙子的下摆染成难看的黄色。

小女孩好像根本不在意，尽管那是她妈妈给她买的新裙子。我就站在雨里看着，没多久衣服裤子就都湿透了。

我看到那个小女孩的家人找了过来，恨铁不成钢地喊："夏温暖！"

"妈妈，你看，我保护了它。"温暖把伞举起来一点，看着她的妈妈说。

我看清了小女孩的脸，和她的心一样美的脸。

温暖，然后我就在长宇中学见到了你，你知道吗?

可我大概也是讨厌虞唐的……

期中考试过后，欧阳在班级门口喊人："夏温暖，你来一下办公室。"

"我估计又要死了。"温暖丢开笔肩膀一沉，瘫在座位上望天。

"为什么？"许言之看起来是真的不懂。

"你没有发现吗？欧阳每次连名带姓地喊我，总没有什么好事。"温暖在心底拜了一遍观音菩萨才起身。

果然被她猜对了。

温暖在办公室里被欧阳教育了半小时才被放回来。她回来时，许言之都已经满足地睡了一觉。

"欧阳说什么了？"他问。

"要我把学习搞上去。"

“那你现在要干什么去？”

“余泽他们班在搞抗压长跑比赛。”

许言之愣了愣，旋即笑起来：“那你去吧，我去餐厅了。”

温暖买了瓶水，在跑道附近等着。最近天气慢慢地凉了，她坐在跑道外围的水泥台阶上，手里抱着余泽的棉外套。

这场比赛虽然是班级组织的，观看的人却也不少。

余泽在场上热身，他的个头算很高了，至少温暖坐着也能一眼锁定。

以苏薇为首的啦啦队还拿着彩色的花球，跳了一个简陋的开场舞。

发令枪响起，余泽就抢占了第一。他跑起来自在如风，冷风灌进他宽松的毛衣，拂过他因为跑了许久而通红的脸。

啦啦队的喊声一波高过一波。温暖盯着余泽逐渐脱力而有些慢下来的背影，突然站起来跑过拥挤的人潮，她拿到了裁判老师放在一侧的扩音器。

温暖打开扩音器，突然一阵尖锐的声音响起。许多人被吸引了目光，就连跑道上的人速度也慢了下来，目光齐齐落在温暖身上，猜测她到底要干什么。

温暖举着麦，突然大喊：“余泽加油！余泽必胜！”

卧槽！猝不及防的加油声让跑道上的所有人脚底一滑，连忙撒开腿往前飞奔。

余泽目光里全是温暖憋足了气大喊的样子，他咬了咬牙超过第一，在全身力气用尽的情况下扑向尽头那根红线。

· *02*

温暖，你一定不知道，你的喊声对我有多大的用处。我明明已经放弃了，是你让我有理由再死撑到最后。

余泽下场，他身边的男生捶他肩膀：“可以啊，这姑娘长得挺漂亮啊！”

“你可别打她的主意！”余泽瞪他。

“放心，‘朋友妻不可欺’这个道理我还是懂的！”男生把他推过去，还比了一个“加油”的手势。

“给你水。”温暖把水瓶递过去，“余泽，真没看出来你冲刺的时候还挺帅的！”

“我一直很帅。”余泽接过水，仰头灌了一大口。有几滴顺着他的嘴角滑到下巴和脖颈，落进他的毛衣里消失不见。

熬过深秋进入初冬，校园里的花树枯叶落得差不多，走过去还能听见脆脆的响声。高三学习也更加紧张起来，三天一小考五天一大考的模式累得全体同学叫苦连天。

温暖考一次，就会被欧阳抓去办公室一次，回来都是一副蔫蔫的样子，如此反复。

许言之看了眼温暖摊开在桌子上的试卷，问她：“你想考哪里的大学？”

温暖叹了口气，整个人萎靡了下去：“想考清溪大学，离家近环境还好，但问题那是重本，根本考不上。”

“一定能考上。”许言之虽然没有说什么其他的，但是每天下午帮温暖补习的力度却暗暗加强，类型全都是温暖丢分严重的函数题。

他看过温暖所有的考卷，数学是得分最低的一门，函数一类的题型都因为温暖的马虎和不熟练导致红叉纵横。

周六，温暖和许言之一起去餐厅，路上突然下起了小雨。

落在脸上凉丝丝的，带着属于冬天的寒意。

许言之问她：“能跑吗？”

温暖仰头看了眼灰蒙蒙的天色，有几滴雨落进了她的眼睛里。路面已经被打湿，盖上了一层水色。

她的手臂不小心碰到花圃里探出头来的叶子，就沾染了一片湿润。

“比赛怎么样？谁输了谁今天就洗盘子。”温暖抬头看到许言之的下巴，顺着看上去就能对上他柔软的眼神。

“好啊。”许言之笑起来，细碎的光影在眼睛里流动。

“我喊 3、2、1 就开始。”温暖做好准备姿势，单膝及地，像是一个即将狩猎的勇士一样短暂的蛰伏。

许言之也蹲下来摩拳擦掌，他的视线落在正对面的“Sweet”招牌上，在心里估算着到达需要多久。

“3……”温暖开始喊了，她脸颊迅速被嘴角的笑容牵动。

“1！”温暖飞快地冲出去，瞬间撂下许言之一大截。

许言之脸上的表情一寸寸地龟裂，他跟在后面恨铁不成钢地喊：“夏温暖！”

“今天你洗盘子。”温暖背靠着招牌等着许言之跑过来，异常兴奋地拍他肩头，“小伙子，好好干！”

许言之不想理她。

· *03*

许言之的补习在接下来的考试里取得了巨大的成功。为了每个人都能进步，欧阳成立了学习小组，并且规定下课期间除了上厕所，每个人必须都要刷满五道题才能自由活动。

时间就在刷题、考试，考试、刷题中快速溜走。

十二月的天气已经完全荫翳起来，晨起时还刮着北风。偶尔带着几颗温柔的雪沙融进温暖已经加厚的校服里，顿时惹得她打了一个寒噤。

温暖是喜欢雪的。只是南方的雪心情时好时坏，高兴了来一场，不高兴了立刻就融化成了水。

余泽今天起了个大早，不知道从哪里弄来了一辆外形很酷的黑色自行车，等在温暖家门口。

温暖开门，看到余泽被冻红的鼻子笑：“你是童话故事里的小丑吗？”

她说话的时候，空气中浮着白色的雾气。

“要不要来当我新车的第一个客人？”余泽握着车头的把手，双手已经冻得通红，还能看清他手背上鼓鼓的青筋。

温暖坐在后座，周围的景物开始倒退。

记忆如同时光倒流，回到那年从虞唐搬到清溪的时候。

余泽跑到她家，自来熟地邀请她去公园玩。他骑着儿童自行车，温暖坐在他后面，后来两个人都摔了个四脚朝天。

余泽比较惨，摔下去之后自行车还压他身上了。

温暖想着就笑出声来："余泽，你不会又带着我摔一跤吧？"

"夏温暖！你就不能盼着点儿好啊？"余泽被温暖笑得士气大减，勉强稳着龙头一路晃晃荡荡，至少还算安全地到了学校。

温暖跳下去，突然看到前方不远处有一个扎着马尾辫的女生，背着略显沉重的书包往里走。

"苏薇。"温暖推余泽的手臂，"你不去帮忙？"

"什么啊……"余泽收回视线，"关我什么事？"

温暖到了教室，空调开得很足。不一会儿就出了汗，她把校服外套丢在桌面上，余光瞄到窗外站了个人。

她手里抱着书，目光一直在寻找着什么，脸上露出一丝急色。

余泽从苏薇身边走过，温暖记起他前两天说他们班今天要去语音室上课。

许言之是踩着点进来的，他今天有点狼狈，头发乱糟糟的，手里还捧着一杯溢出来的飘着香的热豆浆。

他坐下来，咬着吸管喝了一口。温暖看到苏薇低头轻轻地笑了一下，然后抱着书小跑着跟上其他人走了。

温暖有点不确定地问："许言之，你有没有发现你的魅力越来越大了？”

“滚。”

· *04*

魏晨轩在黑板上写下“圣诞”两个大字。

潦草的字迹，温暖开始还没认出来。等他自己说出来后，教室里传来一阵“原来如此”“哦”的声音。

“嘿！男生的字不都是这样的吗？”魏晨轩企图替自己辩解。

温暖从许言之课桌的桌肚里摸出一本练习册翻开，突然觉得许言之简直就是无所不能。

班会定在圣诞节晚上，周五。

平安夜的那天，清溪市下雪了。

一开始只是柔和的雪绒，刚及地就已经融化。然后越下越大，在安静的课堂里还能听见“簌簌”的响声。

清溪的冬天下雪了，虞唐呢？他们在冬天搬家，还没有来得及看虞唐的雪。

午休时间，雪更大了。温暖趴在桌子上脸朝着窗户那边，视线一直随着纷纷扬扬的大雪而下。

万籁俱寂，唯有雪落下的声响。

才见岭头云似盖，已惊岩下雪如尘。千峰笋石千株玉，万树松萝万朵云。

是不是一觉醒来，就能看到元稹描写的这样美好的景色呢？尽管这是在南方。

下午操场里就积满了雪，余泽来喊温暖出去玩，温暖偏头问许言之："去玩吗？"

"不了，你去吧。"许言之翻了一本书看，细密的小字挨在一起，温暖看了就犯困。

许言之经过走廊，护栏上已经落了一层雪，莹白细腻。

楼下的操场一片雪白，独立花坛里的青松也盖上了一层，在经过的学生的触碰下，从松针上落下来的雪掉在他们身后。

温暖的身影在一群同龄人当中并不容易找，可他还是一眼就看到了她。温暖戴着一条灰色的围巾，在雪地里与同学混战。

有一团雪准确无误地拍在温暖的右脸上，除了有冰凉的感觉，还有重物砸过留下的痛感。

"余泽，你敢扔我！"温暖吼了一声，追着余泽打。

"我错了！"余泽一边跑一边躲，欲哭无泪。

苏薇站得久了，双腿有点儿发麻。她脸颊冰凉，发丝间还沾了几片雪花。她换了一个姿势，捧着保温杯，目光却总是悄悄地流连在离她几步远的许言之身上。

"同学……"苏薇走过去，声音细如蚊蚋。

许言之还是听到了，他冷淡地看了苏薇一眼，什么话也没说，似乎在等着苏薇开口。

"你需要……"保温杯吗？我可以借给你，送给你也可以。

他看起来很平常，可是苏薇注意到了许言之的手指有些发红。

苏薇才鼓起的勇气在一瞬间消失殆尽，因为温暖走过来，突然把她手里的雪球砸在了许言之脸上。

“许言之你好弱啊！”温暖双手挥动，闪进了教室。

许言之把雪水抹干净，抬脚从前门进去。苏薇盯了一会儿，突然就难过起来。

真不公平啊……

她需要在他面前小心翼翼，温暖却可以肆无忌惮地闹。

从来都不公平，生活不公平，感情不公平。

· *05*

你为什么不喜欢冬天呢？洁白、纯净，能驱散人心里的黑暗。

许言之把暖手宝塞到温暖手里，看她冻得像冰块一样的手逐渐变得热起来，才回了她一个隐晦的答案：“大概是因为家里的原因吧。”

许言之闭了眼，仍然能想起过去了那么多年，却反复出现在他梦境里的画面。

滂沱无尽的大雪、血淋淋的尸体、一辆绝尘而去的黑色的汽车……那一切，如同一只无形的手，狠狠地拽着他，让他怎么也忘不掉。

那以后，他就在孤儿院安家；到上学，又搬出来。

许言之帮顾客点完餐后回到后厨，才知道温暖已经等他很久了。

窗外还飘着雪，她手里的粉红色的伞面结了一层薄薄的冰，收拢打开还能听到冰层碎裂的声音。

“许言之，平安夜快乐！”温暖从身后拿了鲜红的苹果，双手捧着献宝似的举到他面前。

许言之微怔，有些木然地伸手接过。

温暖，平安夜快乐。

十二点的钟声敲响，墙壁上布谷鸟的挂钟弹出来。记录了他们从平安夜，相伴到圣诞节的过程。

“Merry Christmas！”

教室里被布置得喜气洋洋，欧阳从教务处搬了一棵圣诞树，放在了讲台旁边。

“441 班全体同学祝欧阳老师圣诞快乐！”全体同学起立，以最大的声音献上对欧阳老师的祝福。

温暖看到欧阳背过身去，用手背擦了擦眼睛。

“你想在圣诞树上放点什么？”温暖买了一包阿尔卑斯棒棒糖，一个一个地用丝带系在树上。

“让一让，让一让啊！”魏晨轩挤进来，把一只红袜子扎在上面。

“班长，这袜子不像是装礼物的啊！”周思雨从温暖身后冒出一个头。

“我上回看到班长穿了一双红色长袜！”秦诗怡爆料，“就在校长开会的时候！”

温暖后退了一步，不可思议地盯着魏晨轩看：“班长你竟然把你穿过的袜子放在上面……"

许言之在温暖走后，放了一块果仁巧克力在上面。

温暖，和你在一起的每一天都很温馨。想陪伴你从现在到以后，很久很久。

苏薇经过他们班，从余光里注意到许言之伸手从课桌里拿书出来，似乎碰到了什么，眉头皱了一下。

她悄悄地在心里跟许言之说："嘿，祝你圣诞快乐。"

心形的盒子，拆开是一盒巧克力，一颗颗圆滚滚的，用银色的包装裹着。

"许言之，竟然还有人送你礼物！"温暖无比艳羡，啧啧叹着往自己课桌里看，"我就这么差劲了？"

许言之噙着笑，把巧克力往她课桌一塞："还差劲吗？"

夏温暖啊……

你到底有哪里好呢?

苏薇被徐宁叫走了，她在考虑的节目一栏当中填下了自己的名字。

第七章

她对你，就像是我对她一样。

· *01*

“庆元旦，迎假期，在不影响学习的前提下每个班级需要准备一个节目。”魏晨轩拿着A4纸有感情地朗读起来。

底下鸦雀无声。

“兄弟们动起来！442班节目都开始排练了、443班节目也选定了，444班更可怕，他们上个月就已经在准备了！”

“那不是还有445班吗？”底下有人随口一提。

“445班不都是艺术生吗？”

没人再说话了，突如其来的沉默让整个班级的气氛显得格外诡异。

魏晨轩假意地咳嗽一声：“我们也不要有太大的压力，毕竟我们班向来以成绩为主，比不过也不丢人。”

“要不我们班的美女们都去跳舞怎么样？”底下有人提议。

“我同意！”

“我附议！”

441班男女比例各占一半，人数算得上多的，要是都去跳舞的话，那阵仗绝对长脸。

迫于魏晨轩的淫威，竟然没人反对。

占舞蹈室的任务落在魏晨轩身上，而因为班上没人有艺术细胞，领舞的重担就落在了平时蹦得多的温暖身上。

晚会迫在眉睫，女生们也都拼了命地学，每天泡在舞蹈室，连饭都是班上男生送过来的。

温暖一边喊节拍一边观察谁谁谁的脚步不对，起跳时没注意站稳，整个人都砸在了地上。

“温暖，没事吧？”秦诗怡过来扶她。

温暖才刚站起，脚踝处传来的尖锐疼痛就让她再次跌了下去。

“大概是脚崴了。”温暖坐在地板上，卷起裤脚，果然脚踝都已经肿了。

许言之刚好过来送饭，目光一转就落在温暖的脚踝上，他抿着唇走过去：“怎么弄的？”

温暖开始没觉得多疼，可许言之一问，她就觉得，脚真疼。疼得厉害，疼得冒冷汗。

“你们先吃，我送她去医务室。”许言之搀着她站起来，眉头一直皱着没有舒展开，“我背你。”

人生第一次因为崴了脚进医务室。

温暖感慨地躺在床上。

校医趁她分神时，把冰袋敷在她的脚踝上。

“齐医生。”

“嗯。”

“现在是冬天。”

“我知道。”

“我很冷。”

“忍着。”

“一定要冰敷吗？”许言之一只手被温暖拉着，生生地被抓出了几道红印子。

“心疼？”齐医生手上动作不停，眼里藏着戏谑。

“嗯。”心疼。

换热敷的时候，温暖的脚踝都已经没有知觉了。她枕着许言之的手背睡了一觉，梦到自己睡在壁炉旁边，有火在里面燃烧，格外温暖。

许言之借了班上所有人的暖手宝，给温暖身边都围满，在她床边守了一节课。

余泽得到消息赶过来，温暖已经醒了。许言之把毛巾洗了，换了一条又继续敷。

等到放学，许言之给她收拾好东西，和余泽一起扶着她回家。

“在家休息两天，就没事了。”许言之一边走一边安慰她。

穿过一个花圃，从围墙上跳下来一只黑色的猫，直直地往温暖怀里扑。余泽接住了它，跟它说：“泡芙乖，今天小主人受伤了，自己去玩。”

余泽从书包里摸出钥匙，开了温暖家的门，把人扶进去坐好，然后环视了一圈，很遗憾地开口：“今天夏叔叔又不在家。”

· *02*

许言之看着灯亮起来，到最后，只有他的影子才是最孤单的一个。

排练的进程越来越慢了，温暖干脆坐在地上喊口令，最后赶在晚会前几天排完，所有人提着的一颗心总算放下。

温暖已经可以自己走路了，只是还有一点跛。

她路过排球场，撑着台阶坐下。442 班的女生在进行训练，说是要在舞台上表演一个打排球的舞蹈。

苏薇接球的时候，刚好看到温暖坐在她的对面。完美一击，球被她接了过去。

球风凛冽，温暖离得这么远都能感觉到她们的激情。

温暖看了一会儿，然后再撑着地起身。一个带着发泄味道的球突然划破冷风朝温暖砸过来，有那么一瞬间，温暖感觉自己可能要去鬼门关走一遭。她能感觉到自己心脏骤停，甚至已经闭上眼睛等死了。

“温暖，小心！”许言之攥着她的双肩，顺势往旁边移了一下。排球重重地砸在他的后背，两个人摔倒在干黄的草地上。

许言之闷闷地哼了两声，他被压在下面，再痛也只能咬着嘴唇忍着。

温暖从他身上爬起来，吓得脸色发白，冷汗顺着脸颊滑下去："许言之你别吓我……"

滚到一边的球被人捡起，苏薇慌慌张张地跑过来。她因为着急而被风吹乱的头发在冷风里飞扬："我……我不是故意的，你没事吧？"

为什么呢?

你为什么要出现呢?

你为什么要替她挡住呢?

苏薇垂在两侧的手紧紧攥着，指甲快要陷进肉里。

许言之缓了一会儿，才起身。好像被汽车碾压过一样疼，许言之现在甚至庆幸被砸的人是自己。

"没事啊……"许言之揉乱了温暖绑好的头发。

苏薇呆呆地站着，看着他们相互搀扶着走远，一个眼神都没有给她，连一个责怪的眼神都懒得给自己。

许言之，你真无情。

元旦晚会在12月25日下午五点准时举行。

礼堂挂了拉花，五颜六色的灯光打着，显得梦幻而漂亮。

温暖换好了一条白色的裙子，飘带在身后扎了个精致的蝴蝶结。头发用白色的发带松松地绑在身后，随着她的动作而摆动。

"不行的话就别跳了。"许言之替温暖按摩了脚踝周围，"还是疼吗？"

“我没事，没那么脆弱，我可是不怕疼的钢铁暖！”温暖拍拍胸脯，还没英雄多久，就被许言之打败了，“嘶……你轻点！”

许言之力道放轻了一点，看着她：“还逞不逞强了？”

“不逞了不逞了……”

441班的节目排在442班后面，串在了活动最中间。报幕到她们时，温暖刚好把舞鞋穿上。

她们跳的是，一个带有悲情色彩的舞蹈。

父母双亡的女孩被孤儿院收养，认识了一群好朋友。她慢慢长大，独立，离开了孤儿院求学。

自己打工赚钱交学费，承受着世界给的一切不公平。她有了一个同桌，她们一起学习、互相关心，直到永远。

许言之看着温暖用各种动作诠释着他一步步走来的人生，忽然低头。只一瞬，他又抬起头，好像刚才泪目的不是他。

十分钟的诠释，落幕时掌声不断。温暖站起来鞠躬，从台侧滚过来的排球狠狠地绊了她一跤。

“温暖！”

惊叫声混成一片。

· *03*

许言之抱着温暖匆匆忙忙往外跑，突然惊觉自己后背已经被冷汗浸湿。

温暖脸色惨白，发丝被汗水濡湿，窝在他怀里，连话都说不出来。

半晌，温暖抬起头问他：“还好跳完了，你看到了吗？”

“嗯。”许言之闷闷地回了她的话，加快了脚步。

或许别人只认为这就是一支舞蹈，可是许言之知道，这是他已经度过的小半生。以后他的生命里，也一定会有温暖在身边。

一定。

“许言之，我们是患难之交了吗？”温暖语气弱下去，她每说一句都能感觉到脚踝越发钻心似的痛。

“是，一直都是。”许言之抱着她穿越那条因为深冬而落光了叶子显得萧瑟无比的小路。

“患难之交要吃巧克力。”

“好，答应你。”

齐医生对于又一次因为崴脚进来的温暖表示无奈，他力度重了一点，温暖疼得龇牙咧嘴。

“年轻人还是要爱护身体，你这是旧伤没好又添新伤。”

等处理完，许言之抱着温暖回了教室。夜晚的教室静谧无声，窗外是无边沉寂的黑夜。

温暖只安静了几秒，又拖着“重疾”的左腿去找许言之。

“你别动，再动要瘸了！”许言之回头得及时，温暖才离开座位两三步。他连忙端着热水回来，把她拖回去坐好。

等同学们都回来，温暖身边就被挤得不留一丝空隙，连带着许言之也遭殃。两个人被挤在人群中央，看到对方的狼狈突然哈哈大笑起来。

他们班拿了第一，但谁也没有在意。第一名的奖状最终被魏晨轩贴在了黑板上方，所有人一抬头就能看得到。

欧阳站在讲台上，严肃地说："从今天起，441 班再也不只是学习第一了！不管是学习还是表演，我们都是第一！"

所有人都笑起来。

放学后，欧阳把从齐医生那儿拿的药给了温暖。

温暖接过来，就被一道阴影笼罩："这可是你们班主任天天骚扰我才拿到的，好好珍惜。"

齐医生站在欧阳旁边，整整比她高出一个头，这时候欧阳看起来还真有点小鸟依人的味道。

"知道了，我会好好珍惜的。"末了，温暖又忍不住严肃认真地补一句，"我谨代表 441 班全体同学祝欧阳老师和齐医生幸福长久。"

说完，她跛着脚先走了。

· *04*

等考完期末考试，就要迎来短暂的寒假。班级里学习氛围又浓了起来，课后总有不少人坐在座位上钻研习题。

温暖被许言之逮住，在写一道函数应用题。

涂涂改改无数遍，练习本上全是橡皮擦过的碎屑。温暖用力一吹，碎屑全部飞了出去。

"夏温暖你太弱了。"许言之接过她的练习本，用 2B 铅笔两三下列出了方程，在温暖呆住的同时，再两三下写出了解析。

“许言之你真小气。”那天的一句话，他竟然能记到现在。

“你寒假有什么安排？”温暖一边埋头做题，一边抽出空来问他。

“工作。”许言之头也没抬，在本子上写满了密密麻麻的解析。

“这个给你，题目在前面，解析在后面，不会做就去看一遍。”许言之把笔记本递给她，厚厚的一本，他整整抄了一星期。

温暖吞了吞口水：“你是想我死吗？”

期末考试那天，天气不算好。

夏煦特意给温暖做好了早餐。他喊了余泽过来，一起吃了顿饭。

乌云覆盖了整片天空，逼仄的马路车来车往。刺耳的汽笛轮番轰炸，没完没了地响个不停。

许言之在路边接了个电话，脸色有些阴沉。

尽管这么久以来，他收到的全是让人失望的消息，可电话一响，他还是抱了一丝希望地接听。

清溪这么大、世界这么大，要找一个再普通不过的人，无异于大海捞针。

温暖咬着笔杆思考着答案，头顶的白炽灯在一瞬间突然全部熄灭。

考场陷入一片阴暗，喧哗声尤其刺耳，也打断了温暖明明快要算出结果的思路。

校长用一口小的铜钟敲出三声清脆的钟声当作考试铃声，温暖套上笔帽，动了动略有些僵硬的脖颈，提着考试包离开考场。

余泽在门口等她，看到她出来之后咧嘴一笑，顺势揽着她的肩头往外走："夏叔叔说中午请咱们去餐厅吃饭。"

温暖和许言之的考场不同，出门的时候也没有撞见。倒是苏薇刻意慢吞吞地收拾好东西，在他们经过的时候，突然喊了一声："余泽！"

许言之跟着抬头，看到余泽冲他笑了笑。温暖在余泽的右侧拿着他的答案比对，并没注意到这个小插曲。

而期待已久的寒假也终于开始。

温暖去餐厅找许言之，发现许言之今天竟然提前下班了。这不正常。

"言之刚走，现在去应该还能追上。"老板跟她说。

温暖从摆满了绿植的台阶上下去，看到许言之在路边站着。有几天没见，许言之好像瘦了一些。

她走过去，没来得及说话。的士停在了许言之身边，温暖看到许言之上了车。

不知道他要去哪里，温暖突然就来了兴趣。她叫了辆的士跟着，最后在一棵落光了叶子的银杏树下下车。

二十分钟的路程，她到了这个地方——

童梦孤儿院。

·05

许言之没有进去，在门口见到了他想见的人——童梦孤儿院的院长，他喊她“黎阿姨”。

温暖就在树下站着，站累了就坐在公交站牌下的长椅上。

等许言之走了，温暖才跑过去。她在电视上看到过童梦孤儿院的报道，最新一期采访的就是黎童院长。

“你是说他还有个妹妹在车祸中走失了？”温暖惊讶地问出了声。

黎童点头：“我捡到言之的时候，他就闹着要找妹妹。”

“他没有见到他妹妹的尸体，所以始终不愿意相信她已经死了。只是我们找了这么多年，也没有任何关于他妹妹的信息。”

仅仅凭借一张小时候的照片，他找了那么多年。

许言之，你还有什么是我不知道的呢?

温暖突然觉得心疼。同样的年纪，他们享受着安逸的生活，许言之却已经经历过了这样的大风大浪。

打工和这比起来，又算得上什么呢?

照片上的小女孩穿着蓝色的蓬蓬裙，和许言之一样是漂亮的丹凤眼。她笑起来甜甜的，还有两个小酒窝。

温暖摩挲着她的脸。许言晴，你该庆幸你有那么好的哥哥。

温暖把余泽从被窝里拽出来，他们把许言晴的信息贴在“寻人网”上，又沿着一条条街道把寻人启事发出去。

两人忙累了就停下来，在一家街角的奶茶店里点一杯温热的奶茶。

余泽问她：“你为什么这么帮许言之呢？”

为什么呢?

大概是许言之也曾那么用心帮她；大概是许言之真的，真的很可怜。

这些天他们早出晚归，墙上不许贴小广告他们就发出去。遇到一些人丢掉的，他们再捡起来。反反复复，无限循环。

许言晴，女，走失时五岁，现在十七岁。

他们拥有的信息少得可怜，仅仅知道她的名字、性别、年龄。

两个人一路发到人多的锦瑟广场，温暖离餐厅远了一些，尽量不让许言之知道这件事。

下午突然下起小雪，温暖肩膀上落了一层。

天气太冷，很少有人会接过他们递出去的纸。余泽帮温暖拍掉身上的雪花，在她冻红的手心里放上一个小小的暖手宝。

许言之，有时候我挺羡慕你的。

也许温暖自己还不知道，但我能看出来。她对你，就像是我对她一样。

日久生情终究没有一见钟情那么浪漫。

尽管，你们可能不是一见钟情。我是说，我的意思是，算了，你一定懂的。

第八章

我没办拒绝你，任何时候都是。

· *01*

许言之没有再去看沐浴在雪中的两个人，他只是觉得心里有点闷。

除夕夜的天空缤纷绚烂，七彩的烟花在空中炸开。温暖买了一把爆竹，兴奋地拖着许言之和余泽在广场上放。

“噼里啪啦”的响声带起银白色的火花，一朵一朵开在她的眼睛里。

温暖把燃烧着的火树银花举高，大声地喊：“除夕快乐！”

除夕快乐，温暖。余泽看着她的侧脸，勾起微微笑容。

跨年的人很多，在广场上又唱又跳。十二点的钟声响起，天空炸开的烟花里写着几个字：新年快乐。

新年快乐，温暖。许言之微微侧着头。

温暖，我记住了。这是第二次和你从一个有意义的日子，一起相伴到第二个有意义的日子。

距离高考：152 天。

踩着一月的尾巴，教室里又重新坐满了人。

课桌上积了一层厚厚的灰尘，温暖在许言之的桌面上画了一个小人兴奋地问他：“是不是很像你？”

许言之看了一眼，面无表情地转身去擦玻璃。

温暖也不恼，在小人的下方写了几个娟秀的小字：夏 · 灵魂画手 · 温暖，作品。

等她写完，手指上也沾满了灰。她眼珠骨碌碌地转，然后背着手悄无声息地走到许言之身后，在许言之聚精会神擦玻璃的时候，一把抹到了他的脸上。

“夏温暖！”许言之干脆在自己桌子上擦了一手的灰，追着温暖跑。

温暖躲进厕所，做鬼脸嘲笑许言之。她身后站着周思雨，周思雨突然抱住她，然后大喊：“许言之快来！”

温暖痛心疾首地指责周思雨没人性，并认定她们之间友谊的巨轮已经沉没。

高三下学期，走读生必须要参加晚自习。温暖嫌麻烦，跟夏煦一商量，选择和大部分同学一样住校。

夏煦为此给她买了一部手机，还亲自把她的东西送了过来。温暖存了许言之的号码，并且在住校第一天早晨就给他打电话。

许言之耐心地听着，嘴边浮现出一抹温和的笑意。

那端挂了电话，许言之跟忙碌的老板说："麻烦再给我一份豆浆油条。"

许言之刚要走，就感觉到衣角被人拉了一下。像是怕他会生气，女孩的表情怯怯的："同学，能借我五块钱吗？我忘了带零钱。"

许言之顿了一下，他包里有零钱，他换了一只手提着早餐，腾出右手来拿钱。

"我是 442 班的苏薇，我们见过的。"

苏薇在心里演练过无数遍，该怎么介绍自己才好，但每一遍都被她以"不完美"的理由抹掉。

在这种情况下自然而然地说出口，其实并不是她想好的最完美的介绍。她暗自懊恼间，许言之已经伸出去的手又不着痕迹地收回来。

许言之绕过苏薇，径直往前走。他承认自己存有私心，承认自己听到名字的一瞬间，想到了温暖红着眼睛哭的样子。

"许言之！"苏薇不甘心地大声喊，"你真是一块石头！"

不，石头都没有你这么绝情，可我就是喜欢你。

· *02*

开春的时候，温暖房间的阳台上那株风信子终于探了头。柔柔的绿色叶片挺立着，沾染了春天的和风细雨。

她在这样美丽的季节辞掉了餐厅的工作，去了一趟虞唐。

谁也不知道她去虞唐干什么，只有简清雅陪在她身边，和她一起把能贴的地方都贴上了寻人启事。

在太阳落下去之前，她们一人捧了一杯大大的热茶坐在阶梯状的喷泉旁边。

“他知道你做的这些吗？”简清雅问她。

“不知道。”温暖把吸管咬得变了形，杯子里的茶水有点难吸出来。

这个周一，温暖迟到了，欧阳难得没有喊她罚站。

她桌子上的豆浆油条已经变凉，但是丝毫没有影响口感。

看着她大快朵颐，许言之从口袋里摸出一包纸巾，他抽出一张递过去：“擦一下嘴巴。”

苏薇路过他们班，把一切都收进眼底。这一刻她突然觉得心里一酸，好像有重物压在心上，让她有点喘不过气来。她已经遭受过太多不幸，可唯有爱而不得这一件让她最是心酸。

她努力在这一个学期的开学典礼上和许言之并肩站在了主席台，可她从没有觉得他们之间的距离近了哪怕一点点。

从始至终，许言之就像一个局外人，冷眼旁观着所有的一切。而温暖的存在就是在提醒她，她一定得不到想要的。甚至，会在她失败后从脑海里跳出来狠狠地嘲笑她。

这场暗恋，终究是无疾而终。

夜晚的图书馆里静得出奇，仿佛能听见针落在地上的声音。

一排排摆放得整整齐齐的图书乖巧地立着，温暖走到史学类的架子边，踮起了脚去拿架子上被其他书籍夹着的一本《史记》。

书架突然松动起来，最上排的书摇摇欲坠。温暖抽出那本《史记》，突然感觉到有一道力气在推着书架，导致书架四个脚不稳，在下一刻朝着她所在的方向轰然倒塌。

温暖吃了一惊，慌乱中连《史记》都扔掉了，她连忙用脚抵着前面的书架借力，然后大喊："快来人帮忙！"

苏薇往后退了几步，后背抵在身后的书架上。她额头上有汗珠不断地渗出，听见一阵脚步声由远及近。

苏薇双腿有些发软，她连忙抓紧了自己的衣角来掩饰此刻心里的慌乱。她往外跑，跑了几步动作顿时僵住，像是被突然按了暂停键。

苏薇背靠着粉刷得洁白的墙壁，心如擂鼓。

余泽在出口处站着，像是站得太久了，一时间做不出任何反应。他盯着苏薇看，目光里好像淬了一团火。

苏薇胸口不断地上下起伏着，她又惊又怕。

可是她脑海里突然划过温暖在讲座时、在秋游时、在表演时的场景，好像在刻意给她难堪一样，她恼怒地瞪圆了眼睛"是她！都是她自己找的！"

苏薇推开余泽僵硬的身体，飞快地跑了出去。

是她！都是她错了！

苏薇一直自我催眠着跑回寝室，她把门关得紧紧的，然后大口大口地呼吸。她拖着沉重的步子走，这才惊觉她后背靠过的木门都已经被浸湿了。

温暖没什么事，只是被吓了一跳。余泽坐在她身边，盯着她的侧脸看了很久。

她还是和以前一样，从小到大都一样，对什么事情都可以不计较，好像没有什么能够真的让她生气。

“放心吧余泽，”温暖在第无数次证明自己没事之后，终于有点无奈地叹了口气，“她只是喜欢许言之。”

喜欢一个人没有错，只是苏薇过于偏执。

· *03*

这些天，温暖一有空就拉着余泽往外跑，打印出来的寻人启事一张一张地脱手。

天气变暖，湖面波光粼粼。太阳洒在上面，像是在里头揉碎了一块金子，闪着细碎的光亮。

鸭子游水吃鱼虾，在它的身后留下两条轻轻摇摆的飘带，随着时间的流逝，末尾的飘带也逐渐消失。

温暖看着入了神，连余泽什么时候去买了水都不知道。她把外套脱下来围在腰间，接过水“咕噜咕噜”地灌。

“今天我爸妈会回来。”余泽看着她说。

“真巧啊，我爸上午给我打电话，他也会回来。”温暖耸耸肩，“你说他们是不是约好的？”

许言之下午下班，刻意走了那条离家远一些的路。他在那边的超市里买了一块面包和一盒酸奶，算了，他其实只是想去看看温暖。

他拎着手里的东西，站在温暖家楼下的花圃外给她打电话。电话才刚拨出，又立刻被他切断。

他看到温暖家客厅的窗户被暖黄色的光照亮，映着好几个人的影子。窗户没有关紧，还能听到里面传出来的并不太清晰的说话声。

有大人的，还有温暖和余泽的。

“你这盆风信子长得真不错。”余泽给它浇了点儿水。

“毕竟随我。”

三月中旬花圃里的花儿大多开了，清香袅袅。两侧种得最多的是带刺的蔷薇，还没到它的花期。看得出来温暖很爱惜它们，精心修剪得不留一片残叶。

许言之原地站了一会儿，把包着的塑封撕开，一口一口咽下干巴巴的面包。

这一周开始，许言之给温暖补习的科目换成了物理。他搜罗出所有的公式，严肃勒令温暖必须一个个背诵出来。

温暖总是背到一半就卡壳，然后可怜兮兮地要他给提示。许言之薄唇轻启，丝毫不留情面地跟她说：“重来。”

哼，重来就重来，谁没卡过壳咋的?

于是在测验过后，温暖兴奋地拿着试卷在他面前嘚瑟：“看吧，我以前就是错着玩玩而已！”

许言之淡淡睨了她一眼：“希望你化学也可以这么幸运下去。”

午餐铃响，温暖跟在许言之身后叽叽喳喳：“许言之，要是高考我们在一个考场的话，你记得写完要摊开在桌面上，还有字要写大一点。”

“不行。”

“选择题答案是A你就伸出一根手指，以此类推。”

“不行。”

“数理化三门最后的大题记得写完整过程，不要省略，要不然我看不懂。”

“不行。”

“许言之我们考一所大学吧？”

“……行。”

行，我们考一所大学，我们选一个专业，我们坐在一起就像现在一样。

你尽管选你喜欢的东西去学，我会一直跟在你的身后。

· *04*

温暖最近有点犯愁，许言之喊她三声，她都没反应。

“怎么了？”许言之从前天就发现温暖不太对劲，她桌面上摊开了化学试卷，得分是92，考得很不错了。

初步判断不是因为成绩，许言之更疑惑了。

温暖吸了一口醇香的热豆浆，和着金灿灿的油条一起咀嚼，美妙顿时涌进心底。

“余泽要过生日了。”温暖又喝了一口豆浆，塞满了一嘴的早餐使得她说话有些含含糊糊，“我不知道送他什么礼物。”

许言之顿了一下，他暂时不知道该怎么形容心里突如其来的这种怪异的感觉。

“他喜欢什么？”

他喜欢什么呢？温暖偏着头想了很久。

余泽一向无欲无求，人生寡淡得像是广寒宫里的神仙。

等等——

“许言之，你说我送一盆绿植给他，他会不会打我？”温暖充满希冀地问。

余泽生日的前一晚，温暖特意请假回了家。第二天早上赶过来时，她手里抱着一个礼盒。用丝带系好了蝴蝶结，包装得很是用心。

温暖趁着课间，跑到442班把人拽了过来。

她神情严肃，微微喘着气。她对余泽说：“生日快乐。这份礼物你一定喜欢，请你屏息凝神、目不转睛、全神贯注。”

温暖说完，拉开蝴蝶结，打开礼盒盖。在余泽的注视下，她端出了一盆粉红色的风信子。最大的一片叶子因为礼盒太小，还被挤断了，软软地耷拉着。

余泽艰难地吞了一口唾沫：“夏温暖，这就是你说的超大Surprise啊？”

“怎么样？惊不惊喜？意不意外？刺不刺激？”温暖眨着眼睛，把风信子往他跟前一推。

余泽下意识地后退一步，他有点儿没法回答温暖一下抛出来的四个问题。

“可是你自己说喜欢我窗台上的绿植的，”温暖很忧愁地把风信子装回礼盒，“我花了很长时间，才说服自己把它送给你。”

行吧，夏温暖，我没办法拒绝你，任何时候都是。

尽管上回只是随口一提，你能记住我也很开心了。

真的。

四月开始，温暖接到了简清雅的电话。那端的她说话语气有点儿急切，还带着些微的欣喜。

温暖在周六的早晨就坐车去了虞唐，简清雅在车站等她。

“是一家叫作雅致的孤儿院，在十三年前的路边捡到了一个昏迷不醒的女孩。她当时穿着黄色的棉服、黑色的裤子以及一双红色的皮鞋。”简清雅打了一辆车，两人坐上去，不到十分钟就到了。

“和信息全部吻合，你说会不会就是许言晴？”简清雅还留着一张寻人启事，她反反复复看了无数遍，因为找到了线索而眉飞色舞。

“我只能说，可能。”温暖抬脚上阶梯，在一位自称是孤儿院心理老师的带领下，找到了院长的办公室。

“是有过这么一名女孩子的记录。我捡到她的时候，她已经因为过度惊吓而忘记了自己的名字。”院长把她办公桌上的资料收起来，一份一份放进了文件夹里。

“我当时存了文档，在我捡到她的那一个月里并没有任何人来找她。我在警局备了案，也仍然没有任何消息。”

· *05*

十年前的文档被尘封在已经结满了蜘蛛网的仓库，而温暖和简清雅因为身份和年龄并不能进入这种重要的地方。

不过即使进不去，她们也得到了不少信息。院长对于那个捡来的不记得姓名的孩子有一些印象，她在进入孤儿院的第三个月就被一位女士收养了。

具体去了哪里，无人知晓。

温暖和简清雅离开雅致孤儿院，心情都有些沉重。

“本来以为能找到，结果又白跑了一趟。”简清雅叹了口气，在一家米粉店坐好，点了两碗酸辣粉。

“还是有收获的，至少知道许言晴还活着不是吗？”温暖笑起来，眼睛弯弯的。

“啧，真羡慕许言之，有你这么好的朋友。”简清雅颇有些酸溜溜地开口。

温暖郑重地拍她的肩：“别羡慕，你妹妹要是丢了，我也会帮你找的。”

简清雅笑骂：“滚！我可没有妹妹！”

温暖从车站坐车到广场，许言之刚好下班。她拉着许言之拐进一家水果店，挑挑拣拣最后买了一斤鸡蛋杧。

“你很开心？”

许言之注意到温暖上扬的嘴角，像是被感染了一样也露出了笑意。尽管他已经工作了十个小时，身体有些疲惫。

“我有一个好消息，但是还不能告诉你。”温暖付了钱，提着袋子往外走，在柳树下的休息椅上坐好。

面前正对着宽阔的人造湖，连接对面的是一座大大的棕色的木板桥。桥的那端被婀娜的柳树遮挡住了。

温暖买了一把小刀，在杧果皮上划了几下，将整个杧果翻转过来。

她用牙签扎了果肉往嘴里塞，因为果肉太香甜而露出满足的神情。

温暖举起一块给许言之，在他刚想说话时迅速塞进他嘴里。

突如其来的亲昵动作使得许言之整个人都愣住了，好一会儿才记起要咀嚼。

他一向灵活的大脑有片刻的断片，等思绪重新连接起来，他就感觉到一阵恶心。喉头有东西一个劲儿要往外涌，他连忙跑到开盖的垃圾桶边上，一股脑儿全都吐了出来。

温暖被他的反应吓到了。许言之裸露在外的手臂皮肤开始发红，一侧已经长满了小红点。她低头看了一眼小巧可爱的杧果喃喃：“不会吧，这种概率都被你碰到了……”

从诊所里出来，温暖盯着许言之脸上看。原来那张白皙好看的脸也长满了红点，被路灯的光一打显得有些狰狞。

“我对不起你。”温暖由衷地忏悔。

“没事啊，只是丑了一点。”许言之没想到自己对杧果的反应这么大，他伸手揉了揉温暖毛茸茸的脑袋，“你不用自责，要不是你我怎么知道自己杧果过敏呢？”

许言之一进教室，就听到低低的抽气声。

魏晨轩凑过来问："你这是长麻子了吗？"

温暖一巴掌呼在魏晨轩的脑门上："滚！"

许言之没在意，但是第二天他的课桌里出现了一支软膏。他看了眼埋头做题的温暖，眉目间染了些许笑意。

第九章

真可怜，这次是她了。

· *01*

“薇薇，我说你干吗对他那么好？又是巧克力又是过敏软膏，人家根本就不稀罕！”徐宁抱着书本跟在苏薇后面，没有抬头看路，脑袋一下撞上了苏薇的后背。

突然停住的苏薇能感觉到自己的心跳正在一点点加快，从脚趾处升腾起来的愉悦感在全身蔓延。怎么也压制不住的嘴角高高扬起，她加快脚步从441班路过，十个眼神有九个不经意间偷偷落在许言之的身上。

“宁宁，你看到了吗？他用了我送的软膏！”苏薇拉着徐宁的手，因为用力，徐宁的手有些泛红。

“看到了看到了，薇薇，原来他也不是那么无情的。”徐宁忍不住打趣她，“你现在还觉得许言之是一块石头吗？”

他仍旧是一块石头，一块闪闪发光的钻石。

苏薇一整天都特别高兴，哪怕是面对同班的余泽。尽管余泽知道那一晚的事情，可那又怎么样呢？他并没有泄露出去。

徐宁为苏薇制订了一个表白的方案，打铁要趁热，时间就定在周五下午。

徐宁是走读生，中午回家吃饭的时间在花店里买了一束盛放的火红的玫瑰。

“你确定吗？可我是女生，送花什么的……”苏薇有点为难，她抱着那束花犹豫许久也没能踏出一步。

“你再不快点许言之就要回家了！”徐宁把她拖了出去，然后推进了441班。

放学时间他们班里人不多，看到苏薇抱着花，其他人都停了动作。

徐宁在门外给她比个“加油”的手势。苏薇强忍着心里最深处的羞涩，红着脸走到许言之的座位旁边。

她说话有些磕磕绊绊，但好歹把话都说完整了：“许言之，我喜欢你。”

苏薇把花递出去，在一片此起彼伏的尖叫声、口哨声当中，脸红得像要滴血。

温暖还奇怪许言之怎么没反应，伸手戳了戳他的手臂：“人家给你送花呢。”

许言之反过头问她：“好看吗？”

“好看啊，大红色的玫瑰花最……”温暖话说到一半陡然停住，许言之已经把花束塞到了她怀里。

“送给你。”

温暖都不用抬头，就已经能把苏薇的表情猜个七七八八了。她心里难得发怵一回，果然苏薇就已经泫然欲泣了。她肩膀一耸一耸的，眼泪在眼眶里不停地打转。

温暖把花还给苏薇，递给她一张纸：“别哭啦……”

温暖不太会安慰人，也没有安慰过人，语气尽管生硬了一些，但意思还是在的。

苏薇越发觉得温暖是在讽刺她，她推开温暖的手，哭着跑了出去。

“真可怜。”温暖摇摇头。

“先可怜可怜你自己吧。”

“哎？”

许言之把笔记丢温暖桌子上：“明天把化学公式背了。”

真可怜，这次是她了。

· 02

不知道什么时候，高考的时间表就被翻过很多页，只剩下63天。

两个半月都不到。

接二连三的测试过后，校园里突然开进一辆救护车。红十字的标志格外显眼，从上面下来不少穿着白大褂的医生。

经过五楼他们班级的窗口，温暖抻长了脖子去看。

“夏温暖同学，请你到讲台上来解一下这道题。”数学老师用粉笔在那道写满了“x”和“y”的题目下敲了敲。

温暖扭头去看许言之，她刚才根本就没听怎么会写？！

许言之递给她一个“自求多福”的眼神。

温暖上台，从表面温和的老师手里接过粉笔，手臂有点发抖。

教室门被人敲了几下，发出很清脆的声音：“抱歉，打扰一下，441 班的同学需要排队去体检室验血。”

温暖从来没有哪一刻像今天这样喜欢过医生，她连忙举手：“我要第一个验血！”

看起来很温柔的女医生大概是被她吓了一跳，没有谁会这样兴奋地去扎针的，当然温暖除外。

针尖扎进血管，暗红的液体从身体里流出，装了大半管子。这种感觉很微妙，就像是已经吃到肚子里的零食，因为肚子疼被拉了出来一样。

结果在第三天的时候血检结果下来，温暖是 AB 型血。温暖瞄了一眼许言之的单子，乐了：“万能 O 型血！许言之，以后我要是需要血，你记得给我贡献一点。”

“说什么傻话呢。”许言之敲她的脑袋。这种几近宠溺的动作，做起来竟然没有一点违和感。

天气越来越暖了，五月初温暖种的两排蔷薇结了花苞，粉粉的，格外可爱。

泡芙慢悠悠地晃过来，在温暖脚边乖顺地匍匐着。柔软的毛蹭着温暖穿着凉拖的脚背，带来难以言喻的舒适感。

余泽帮她把花圃里新长出来的杂草除掉，还捉到了一条肉乎乎的通体呈绿色的软虫。

他走到温暖身后，把软虫丢到温暖面前。温暖刚好起身要去拔她前面的草，一脚把软虫踩在了脚底下。

余泽面色变得复杂起来，他仿佛听见了那条软虫被踩得黏液四溅的声音，惨。

温暖换了个方向，脚步挪开。

余泽不忍心去看，太惨了，惨不忍睹。

“对了余泽，你是什么血型？我是万能受血的 AB 型，以后要输血的话多方便！”温暖站在蔷薇花丛里，手上还拎了一把草。

“我 B 型……哎，你动作小心点，都有刺。”余泽刚说完，温暖就小声“嘶”了一下。

“都说要你慢点了。”余泽给她拨开身边那丛花，好让她从里面走出来。

温暖抖掉裤子上沾的泥土：“有 O 型吗？”

“有啊，全班就两个，苏薇和徐宁，还刚好是好朋友。”余泽对这件事表现出极大的好奇，“你说难道是 O 型相吸？”

“拜托，异性才相吸，同性相斥。”

· *03*

已经记不清是第几次测验，温暖在试卷到手后随即填上了自己的大名。

窗外太阳越发高了，暖意渗透进教室的墙壁。

教室里安静得只剩下笔头摩擦纸张的声音，准确无误地传进每个人的耳朵里。时间过得真快，转眼就要到五月。

她的成绩稳步上升，已经排到了年级前 20，在两百多个高三生里，已经算是突出了。

夏煦虽然很少在家，可是却一直关注着她的成绩。对于温暖从及格线一跃至满分线的进步，夏煦把这归结为是列祖列宗显灵。

温暖回家时，他刚好把一锅玉米排骨汤端上桌。

“爸，你不忙了？”温暖把书包放下，趿着拖鞋进厨房帮忙。

“你要高考了，我请了几天假来陪陪你。”夏煦往外看了看，“小泽呢？”

“他们班老师留堂讲试卷呢。”温暖舀了几勺汤，“爸，你先喝。”

夏煦端着碗，有些欲言又止，几次三番话都到了嘴边，偏偏没能说出来。

温暖皱了皱眉：“爸，你是想说妈的事儿吧？你说。”

夏煦惊讶于温暖的细心，又愧疚于不能给予她一丝母爱。他重重地叹了口气，说的话一字不漏地进入温暖耳里：

“你妈之前离开也是不得已的，全是因为我。她挺想你的，你有时间就去看看她吧。”

温暖喝汤的动作一顿，她埋在碗里的脑袋抬起来，眼里好像覆上了一层薄冰："我要高考了，没时间。"

这大概是她度过的一个很糟糕的周末，她收拾了几件薄一点的衣服，坐夏煦的车去了学校。

周末的晚上少有人在，温暖朝着寝室的方向走。在亮堂堂的寝室楼下，遇到了苏薇和徐宁。

温暖在她们俩后面不远，但是经历过上回那么尴尬的场面，她实在不好意思跟她们打照面。所以尽管她们走得慢，温暖也没打算超过她们自己先走。

徐宁手里提着从学校超市里买的东西，她伸手在袋子里摸了摸，摸出来一个杧果递给苏薇。

温暖听到苏薇有点抱歉地推辞："不好意思啊，我吃不了杧果。只要吞进肚子里一点就会浑身起小红点，又痒又难受。"

温暖像是被人重击了一下，大脑一阵眩晕。她站在原地久久不能动弹，直到苏薇和徐宁挽着手经过宿管员的办公室然后上楼。

她猛然间想到许言之那天过敏的情况，和苏薇描述的简直一模一样。

余泽说苏薇是O型血，许言之也是。他们血型一样，甚至连吃什么过敏都一样。温暖站到两腿渐渐变得僵硬，才迈开步子爬上四楼的寝室。

是巧合吗？还是……

· *04*

“一定是巧合。世界上血型一样的人多了，吃杧果过敏的人更多，哪有这个概率你们竟然会是同学？”

温暖把手机拿得离耳朵远了一点，等简清雅发表完自己的看法，才接上她的话：“可是中间辗转过了十三年，有什么事情是不可能的呢？”

简清雅沉默了一会儿，连带着电话两端的气氛也凝重了一些。

半晌，简清雅的声音从电话里传过来：“有个办法，可以确切地知道她到底是不是许言晴。”

许言之拿铅笔敲她的头。木质笔杆落下来其实并不疼，温暖夸张地捂着自己的脑袋，嘴里念叨着：“好疼好疼！”

许言之一下就被逗笑了，但他笑完之后仍旧认真严肃地说：“题目没做完，不许去吃饭。”

欧阳在讲台上反复地提醒：“只有 36 天就要高考了，你们都要争点气！”

用“飞逝”来形容时间真的最合适不过了，三位数的时间表一下子就被撕得只剩下两位数。很快，将只有个位数。

对联在风里飘扬，颜色被雨雪冲刷得不如先前鲜艳，但仍能激励每个人发愤图强。

温暖有许言之近乎绝情的辅导，成绩提升得很快。欧阳在近几次发试卷时特别表扬了她，这是质的提升。

放学前许言之给温暖讲题，他浑身沐浴着夕阳的余晖，影子投射在温暖脚下，那样专注认真的样子，一下让温暖入了迷。

许言之轻咳了一下问她："这道题懂了吗？"

温暖懵懂地点头，视线却落在许言之有些泛红的耳朵上。

真可爱，她想。

余泽在晚间来找她，沉静下来的道路两旁落下了树的影子。一排排踩过去，很快就到了寝室楼下。

"你要苏薇的头发干什么？"余泽从袋子里掏出一个真空塑料袋，里面装着好几根细长柔软的黑发。

"余泽，可能要麻烦你跑一趟医院。"温暖把她袋子里的东西拿出来交到余泽手上，"我记得余叔叔在中南医院有一个朋友，你可以请他帮忙做亲子鉴定。"

"你的意思是苏薇就是许言之的妹妹？"余泽惊讶得张大嘴巴，像是能塞进一个鸡蛋。

"我没有直接的证据证明，但是……很有可能。"

余泽跟中南医院的温医生认识，他找到温医生的时候，温医生刚好做完了一台手术。他还穿着蓝色的手术服，身上残留着斑斑的血迹。

在充满了消毒水气味的医院里，温医生接受了余泽的请求。只是最近太忙，结果可能会出来得比较慢。

温暖没在意时间的问题，毕竟现在的她正一头扎进复习题的海洋里。

· *05*

许言之中午给她打了饭，她都没能吃上几口，真不知道是该感到欣慰，还是心疼。

夜里温暖肚子饿得咕咕叫，长吁短叹地给许言之打电话诉苦。

那端的人似乎无语了一下，才状似看笑话地说：“活该。”

可是过了不到二十分钟，温暖寝室刚熄灯，许言之又打了电话过来：“我在你们寝室楼下。”

温暖抱着手机愣了一会儿，又低低地笑起来。她轻手轻脚地下床，踩着一双人字拖，从五楼悄悄地跑到一楼。

寝室的大门已经被宿管阿姨关上了，许言之站在门外，温暖站在门内。隔着铁门的栏杆，温暖看到眉间有些许倦意的许言之。

他脱掉了校服，换上了一件纯白色的短袖、一条黑色的牛仔裤，就像他刚进入 441 班时的那个样子。

温暖活动了一下手脚，朝许言之眨了眨眼：“你等会儿。”

她灵活地踩着脚下的花坛，手掌攀住那道不太高的墙头，然后跳了下去。

“带什么了？”温暖拉着许言之的手臂，快速闪到了操场旁边的乒乓球台上。

“晚上不能吃酸辣粉，会肚子疼。我买了盖码饭，会比较容易填饱肚子。”许言之把塑料袋打开，从里面端出了一个一次性食盒。

盖子打开的瞬间，温暖听到自己肚子传来的热烈回应。她有点尴尬，少见地红了脸。幸好操场上的灯光打在脸上，是很柔和的黄色。

“你慢点吃，没人跟你抢。”许言之把椰汁的瓶盖打开递给她。

“许言之，以后谁当你女朋友一定幸福死了。”温暖喝了一口，甜而不腻的液体顺着喉咙流下去，她感觉到胃里有点凉凉的。

许言之没回答，只是静静地看着她吃，那双微蹙着的眉一点点松开。

温暖窝在床上，暖洋洋的阳光从窗口透进来，照在她的被褥上，不想动。

急促而又喧闹的铃声响个不停，温暖从被子里伸出一只手，在床头柜上摸索了好一会儿，才触碰到颤动得有些疯狂的手机。

“喂？”

“暖暖，你能来虞唐吗？我现在很痛苦，我不知道该怎么办？我……”

简清雅颤抖着的声音里带着刻意隐藏的哭腔，一瞬间让温暖慌了，她手忙脚乱地从床上爬起来：“你别急，我很快就来。”

她随手捞了一件短袖套上，风一般冲出客厅。

夏煦系着围裙在做饭，声音追了出去：“暖暖，干吗去？”

“我今天不回来吃饭啦！”温暖跑过广场，在汽车靠边的时候爬了上去。

许言之从挂满了吊饰的玻璃窗里看了一会儿，一边脱掉工作服一边往外走：“我请一天假。”

他赶得及时，在汽车起步前几秒灵活地蹿了上去。他径直往里走，在被早晨的阳光覆满的倒数第二排右侧，见到了心神未定的温暖。

许言之坐在她旁边，温暖顾着看窗外还没有注意。

直到他问：“你要去虞唐做什么？”

第十章

苏薇，你现在回头还来得及。

· *01*

虞唐市的湖里，已经有亭亭的硕大荷叶了。

淡粉色的荷花尖儿挺立在荷叶当中，有一两朵已经开始展开身姿，有了少女时期最美丽的模样。

简清雅坐在湖边，抱着双腿将头埋在膝盖里。

正午的太阳最炽烈，她整个人曝晒着，白皙的手臂上依稀可见淡青色的血管。

温暖在边上摘了一片荷叶。她走过去，站在简清雅身边，撑起的荷叶伞的绿荫遮住了头顶的太阳。

简清雅抬起头，脸上的泪都已经干涸了，留下几道濡湿的痕迹。

温暖陪着她散步，才知道她是和家里人吵架了。

“我想学医，我不想再看到有人像我一样不能参加刺激和剧烈的运动。我切身体验过这种什么也不能做的感觉，实在是太痛苦了。”简清雅伸手捂着自己的心脏，眼睛又开始泛红。

因为哭过的红肿的眼睛里布满了血丝，她一开口，眼泪就不受控制地掉了下来：“我从没有体验过什么叫运动，更没有体验过每个人都想去的游乐场……我怕我去了，我就再也回不了家，我就要彻底消失在这个世界。温暖，我想学医，我真的想学医。”

简清雅抱着温暖哭，连哭泣也只能压抑着，声音低低的。

温暖抚摸她的后背，刻意放柔的声音听起来有点怪异：“那就去学，没人能够阻止你，除了你自己。”

许言之是第一次看到这样的温暖。

她脸上没有平日的笑容，满心满眼都装满了另一个人。

她笨拙地给简清雅擦眼泪，一下一下地、轻柔地拍着简清雅的后背。

她会说一些超乎年龄的话去安慰简清雅，因为简清雅是她从小就很在乎的人。

很难得，从小时候到现在的感情，跨越了中间充满了艰难险阻的十几年。简清雅是，余泽也是。

许言之突然就难过起来，为什么他不是从小就陪在温暖身边的那个人呢？就这样，陪她从大风大浪到风平浪静，永远留在她身边。

世界很小，小到那么多年前见过的人又一次出现在他身边。

人心很小，小到许言之只想爱一个人并守她一生。

温暖和许言之傍晚才坐上回清溪的大巴车。月色皎洁，虞唐的夜晚已经有打着灯笼的萤火虫出没。

蛰伏了那么久，只为了短暂几天的光亮，然后从世界上消失，你说值不值得呢？

许言之把自己的外套披在温暖身上，轻声提醒她：“夜里凉。”

闹市归于沉寂。

冷清的月光落在地面，随着他们的走动掠过紧闭的商铺、偶尔有车的马路，最后落在温暖家楼下花圃里散发着幽香的花丛上。

五月花期，蔷薇已盛放，粉色的花朵在脚边开了一簇又一簇。

“你喜欢蔷薇？”许言之问。

“对啊。”

“为什么呢？”

因为，执子之手，与子偕老。

· 02

五月底，属于夏天的热浪已经一波接一波地侵袭而来。

闷热的午后降落了一场大雨，夹杂着些微的凉意。衣服有些发潮，散发着一股不算好闻的味道。

温暖洗了三遍脸，还是感觉有些黏黏的。她干脆顶着满脸的水珠回到座位上，免不了要被许言之嫌弃一番。

下午有一场家长会，作为最后一次在长宇组织的家长会并且事关高考，学校要求所有人的家长都必须到场参加。

温暖估计自己老爹是来不了了，毕竟她前两天还旁敲侧击地打探过夏煦这两天的行程。据说今天要去哪里哪里进行一个关于清圣祖爱新觉罗 玄烨，也就是康熙帝的讲座。

短暂的午休过去，整个五楼都沸腾起来。

深一脚浅一脚踩着水上楼的家长相互间攀谈起来，走廊和楼梯间都挤满了人。欧阳领着441班的家长进教室，这时候温暖还在和许言之讨论：一会儿下午吃什么?

夏煦真的没来。

欧阳视线有意无意地扫过身边格外空荡的温暖和许言之一桌，眼睛里似乎划过一丝心疼。

无聊的客套话说了挺久，温暖和许言之都有点昏昏欲睡。等到掌声过去，一个下午不知不觉也就过完了。

余泽在拥挤的走廊上使劲地敲他们的窗户。教室前后两个门口都被家长堵住了，他一时间没办法进来。

温暖听到声音也被余泽急匆匆的神情吓了一跳，她把窗户打开，清晰明了地看到余泽绷紧的嘴唇。

“温暖，你快出来，我看到阿姨了！”

温暖刚醒，大脑还有些混沌，她皱着眉问：“哪个阿姨？”

“苏瑜阿姨，你妈妈！”余泽的响动不小，许言之也看了过来。

那一眼足够让他心疼了。

温暖原本毫无表情的脸上挂着疏离的笑，眉眼间透出些许冷漠。她悦耳的声音有些低沉：“关我什么事？”

可许言之明明看到温暖的手指用力地抓着窗台边沿的金属部分，力道重得能看清楚她手背上凸起的青筋。

温暖还是追了出去，许言之和余泽在她后面跟着。温暖最后在跑道上停了下来，她的背影萧瑟得像是秋天里掉光了叶子的树。

苏瑜从学校的超市里走出来。她穿着一条黄色的连衣裙，和当年离开的样子没有多大变化，至少温暖一眼就认出来了。

苏瑜手里拿了一支冰激凌，温和地朝着苏薇的方向走去。

“谢谢妈妈！”苏薇接过，调皮地在她脸颊上亲了一下。

她们之间温情得容不下第二个人插入，温暖只觉得讽刺。她看到苏瑜微微笑着，伸手替苏薇拭去了嘴边残留的雪糕末。

余泽去捂她的眼睛，温暖推开他的手。眼眶湿湿润润的，酸涩感袭击，猝不及防就滑下两颗滚烫的眼泪。

许言之是第二次看到温暖掉眼泪，心里闷闷作痛。

· *03*

苏薇把发潮的衣服搬到阳台上，一件件晾好。初夏的太阳照在上面，把衣服晒得温热。

她右手覆在苏瑜房间的门把手上，轻轻一拧。

房门开了一丝缝隙，传来苏瑜似有若无的声音，她要说的话一下就如鲠在喉，说不出来却也咽不下去了。

苏瑜说：“昨天的家长会你没去？暖暖一个人有多孤独，你知道吗？”

电话那头的声音苏薇听不见，也不太想听。她现在已经开始手脚发凉，一阵刺骨的冰凉直达心底。

听起来苏瑜像是在质问电话那边的人。

过了一会儿，她隐隐约约地听到苏瑜压抑的抽泣声和断断续续的呢喃声：“我想见她，我想见见暖暖……”

昨天的家长会，温暖和许言之身边都没人。苏薇借口上厕所，路过 441 班才知道，温暖和许言之因为家长没到场，所以睡了一下午。

苏薇心里不知怎的，就格外慌乱。她松开把手退了几步，脚后跟撞到了摆放在地上的绿植，发出一道沉闷的声音。

她透过缝隙看到苏瑜穿着红色拖鞋的脚越来越近，她赶紧又回到阳台，装作若无其事地把衣服挂上衣架。

感觉到苏瑜的目光划过自己的后背，苏薇的身体立即僵直起来。然后苏瑜走开，说了一句：“原来是你啊念暖，下次走路小心点。”

苏薇感觉到自己的心凉了一大截。念暖，是她家猫的名字。

她之前不知道“念暖”的含义，只觉得好听。原来，从那么早以前，她就没有真的得到过苏瑜全心全意的爱。

念暖，念暖，思念温暖。

苏薇浑身发抖，手里的衣服挂了许久也没能挂到衣架上，更别说晾起来。

她现在很害怕，以至于冷汗从额头上砸到地面上，她都没有发觉。她晒在阳光里的手臂，反而因为一个哆嗦而布满了鸡皮疙瘩。

不……

不能这样……

她的妈妈怎么能是夏温暖的妈妈？！

如果夏温暖回来了，那会怎么样？不，她不想要许言之了，她只要苏瑜……

为什么她的人生总要跟夏温暖挂钩？她喜欢的人，她在意的人，她只想要过普通的生活，像一个普通家庭的女儿一样。

夏温暖啊，你将永远成为我的敌人。有生之年，我最痛恨的人。

· *04*

学校里人工栽种的睡莲开花了，在高考前十天的时候。好像漂浮在湖面上，随波逐流。它躺在肥大的荷叶中间，享受着衬托。

路边开满了白色的小雏菊，嫩嫩的黄色花心上有几颗露珠。有一切初夏美好的花朵在盛开，甚至还有翩翩而来的颜色漂亮的蝴蝶。

温暖感觉不到来自夏天的一丝暖意，尽管她手心里渗出了汗。

“你打算怎么办？”余泽走在她身边，帮她抵挡住一部分太阳光。

“就这样告诉他吗？”余泽反复看了好几遍那份白色的DNA鉴定，头皮一阵发麻。

“余泽，谢谢你。”温暖没头没尾地回答他。

“跟我说什么谢不谢？”

你好好的，就一切都好。

温暖约了苏薇在学校附近的一家奶茶店见面，她已经等在这里有十分钟了。

奶茶店的老板笑她：“小姑娘，是在等男朋友吧？”

温暖摇头。

又过了一会儿，苏薇也过来了。两个人坐在有些拥挤的奶茶店里，脸色都有些复杂。

苏薇看温暖一眼，只觉得愤怒和委屈轮番上阵折磨着自己。

她仿佛听见自己身上的每一个细胞都在叫嚣着夏温暖的名字，恨不得立刻把夏温暖拆吃入腹。苏薇说：“我知道你是妈妈的亲生女儿，但她已经跟你爸爸离婚了，所以你不要缠着我妈。”

温暖却好像并不在意这件事，她只是在苏薇说了那一连串的话之后，喝了一口杯子里柔黄色的奶茶。

苏薇觉得温暖无论做什么，都好像是在嘲讽她。尽管她只是喝了一口茶，做了一个极度自然、不能再自然的动作，苏薇都觉得，那是在讽刺。

温暖没打算跟苏薇说苏瑜的事，她只是问苏薇：“你是不是喜欢许言之？”

温暖知道一切的真相并且她现在有了绝对的证据，所以她觉得她有必要做这件事情。如果她不做，苏薇就会一错再错。

苏薇愣了一下，她冷冷地笑了一声：“怎么，来宣布许言之不会喜欢我？来宣告你的主权？”

“我不是这个意思。”温暖觉得自己可能没办法跟眼前这个执拗并且偏激得厉害的人再讲道理。

“苏薇，你和许言之是兄妹你知道吗？”

一句话，好像毒液一样慢慢渗透进苏薇的皮肤。她噌地站起来，甚至撞倒了面前那杯还散发着凉气的奶茶。

“夏温暖，你凭什么说许言之是我哥哥？”苏薇有些站不稳，她撑着木质桌面，眼睛里的血丝有些狰狞。

“你是O型血，丹凤眼，你吃杧果过敏，刚好许言之也是。那次血检我就有些怀疑，然后弄到了你的头发送去做了鉴定。”温暖陈述着自己发现的，一切都是那么巧。

“我也不想说，只是我觉得要告诉你，你喜欢许言之，那就是乱伦。”温暖把DNA报告书放在桌子上，“你不能喜欢许言之。”

· *05*

苏薇抓着衣摆的手猛地收紧。

她因为愤怒，眼睛睁得很大。温暖起身，从她旁边走了过去。

口袋里的振动声有点久了，温暖掏出手机，是一个陌生的号码，连续打了她三次电话。

“喂？”

“苏女士？您有什么事就直说。”

“见面？”

不，妈妈……

不，你不能找夏温暖……

温暖在路过一条胡同的街角看到了苏瑜说的那家餐厅，她正踌躇着要不要进去和苏瑜打个照面，眼前突然一黑。

思绪变得混乱，有人在慌乱之中钳制住了她的手脚。她没来得及喊，嘴巴就已经被人用东西堵住。

昏暗的环境让她忍不住慌张起来，套住她脑袋的东西里空气很稀薄，温暖出了一身的汗，终于在颠簸中昏了过去。

不知过去了多久，久到温暖感觉肚子饿了，嘴唇也干干的。

她头上的东西被人拿走了，嘴里的还塞着。周围安静得不像话，昏暗的地方只有从外面透进来的几丝微弱的光线。

她动不了，双手被绑住了，双脚也被束缚了。

她看清了周围的事物，灰蒙蒙的，到处都是残垣断壁，破败的砖瓦、凝结的水泥砂浆，还有新长出来的野草。

这里，大概是一栋被废弃了很久的房子。能被弃置，一般都是因为房子快要倒塌了，住不了人。

这里是一栋危房！

温暖听见一阵仓促的脚步声，这吸引了她全部的注意力。她的面前出现了一双白色的板鞋，往上是牛仔裤，再往上是苏薇愤怒得已经有些扭曲的脸。

“唔——”

温暖挣扎了一下，她盯着苏薇的动作，然后看到苏薇把那份 DNA 亲子鉴定一把撕碎，猛地甩在她脸上。

温暖吃痛，嘴里的东西被苏薇扯掉。

温暖动了动僵硬的嘴巴：“苏薇，你知道你在做什么吗？”因为长时间没有喝水，她的声音干涩得有些难听。

“我不用你来提醒。”苏薇蹲下来，因为看到温暖没了平时肆意的样子而兴奋，“你会死在这里，没有人会再跟我抢妈妈和许言之了。”

“我没打算跟你抢，苏瑜早就不是我妈妈了。”温暖看着苏薇的眼睛，一字一句地说。

“你是在炫耀吗？你不要的，我却在乎得要死。夏温暖，你怎么这么令人讨厌？”

温暖的手机振动了一下，苏薇从温暖口袋里掏出来，脸色变得更加难看，那串她烂熟于心的号码正一遍一遍地出现在显示屏上。

“你这样做是犯法的，你知道吗苏薇？你会坐牢的。”温暖不知道该怎么回应苏薇，至少她说了实话。

“没人会知道你在这里！”苏薇突然大声尖叫，她把温暖的手机摔在水泥块上，屏幕上的玻璃顿时溅开。

“薇薇，没事吧？”秦东旭从外面跑进来，看到苏薇没事忍不住呼了口气。

“薇薇，我们还是把人放了吧，万一被人发现……”秦东旭看了虚弱的温暖一眼，劝道。

“连你也向着她？”苏薇不可置信地退了几步。

“苏薇，你现在回头还来得及。”

第十一章

微风带来一丝凉意，直直地击入人心里最深处。

· *01*

一楼堆满了闲置的木质家具，疯狂钻出来的野草由绿变黄，一年年过去，干枯的野草堆积了不少。

黑色的烟尘夹杂着熏人的气息涌上来，钻进鼻孔里让人感觉一阵不舒服。

“薇薇，快走，着火了！”秦东旭从外面进来，拉着苏薇的手就要往外跑。

二楼没有玻璃，从窗外已经可以看到滚滚的浓烟直冲天空。隐约有橙黄色的火舌蹿上来，带着灼人的温度，苏薇一下慌了神。

“不行……”秦东旭喃喃着，把苏薇往外推，“你快跑出去，赶紧下楼，再晚就出不去了！”

秦东旭手忙脚乱地要去给温暖松绑。

苏薇拽住他，声音格外尖锐：“秦东旭你要干什么？！”

“苏薇，她会死的！”秦东旭看了她一眼，动作没停。苏薇连忙去阻止他，她的手死死地压在绑在温暖脚腕的绳结上。

温暖已经没力气再挣扎了，她看了眼乌泱泱的天空，使劲全力撞开了苏薇：“你们赶紧走吧，看样子火要烧上来了。”

“夏温暖，都这个时候了，你还要装什么？你还想抢走秦东旭吗？”苏薇失声大叫，最后一丝理智也被愤怒取代，她拿了秦东旭的手机，颤抖着拨下一串号码。

“夏温暖，我们就来赌一把，看苏瑜更在乎的到底是你这个亲生女儿，还是我这个养女怎么样？”

电话接通，“噼啪”的火烧声不绝于耳。温暖看到有火蔓延，速度快到下一秒就弥漫到了二楼门口。

“完了，这下都出不去了……”温暖躺在地上，火光似乎蹿进了她眼睛里。

整栋房子都开始往外弥散着黑烟，熊熊火光照亮了下午时分的阴霾。阴沉沉的天空似乎即将降临一场大雨，却始终没有什么进展。

“薇薇，很快警察就会过来，你别做傻事了。”秦东旭把温暖的绳子解开，靠在石柱上喘着粗气。

苏薇似乎听到了警笛的声音，面色一瞬间惨白如纸，全身如同被抽干了气力。手机滑落在地，屏幕上的电话还在跳动。

她有些脱力地倚着石柱，越来越近的警笛声使她内心防线轰然间倒塌。瞳孔猛地收缩起来，她仿佛看到了自己被抓进警察局的场面。

“我不想坐牢……”苏薇抱着自己的身体，一遍一遍重复着这句话。她因为害怕整个人瑟瑟发抖，身上的衣服全被冷汗浸透。

秦东旭撕了自己裤脚的布料捂住嘴，跑到窗台边上，被浓烟覆盖的空间已经看不清什么了。他在窗口挥手大喊：“救命，二楼有人！”

“暖暖！”苏瑜在楼下喊，她知道二楼有人的一瞬间，眼泪便不受控制地掉了下来，“暖暖，妈妈来救你，别怕。”

消防员没能拦住苏瑜。苏瑜跑上楼，脸颊已经被熏得乌黑。

苏薇现在情绪极不稳定，随时会崩溃，温暖拉着她，在苏瑜上来的时候把她推进苏瑜怀里：“快走，她需要你。”

“暖暖……”苏瑜捂着嘴，声音哑在喉咙里。

秦东旭扶着温暖问她：“能走吗？”

意识彻底消散的瞬间，温暖好像听到有人在喊她的名字。少年的声音沉稳好听，语气里带着满满的焦急和担心。

· *02*

躺在病床的第三天，温暖从鬼门关散过步回来。

就在她发愣的时间里，房门被人从外面打开。夏煦端着保温壶进来，坐在她床边。他一边盛好鸡汤，一边说话：“暖暖，爸爸对不起你。”

一米八几的大男人在女儿面前哭得像个孩子。

许言之在门口犹豫许久，他看到夏煦出来，朝夏煦点了点头。

许言之推门进去，坐在温暖的床边。

他手臂上缠了白色纱布，温暖一眼就看到了。她忍了好久好久的眼泪，突然决堤一般往外涌。

许言之给她擦眼泪，可是却越擦越多。他有些泄气地看着温暖沾了泪水的长睫毛：“你别哭了，我只有一只手能帮你擦眼泪。”

温暖果然就撇撇嘴，使劲忍住了心里的委屈：“你没事吧？”

“没事，被烫了一下，过几天就好了。”许言之把放凉了的鸡汤一勺一勺舀给她喝，等她睡下去了，又负责收拾好东西。

苏薇在门口已经站了很久了，她心里有一种负罪感，总是让她睡不好觉。这三天，每一晚对她而言都是一种折磨。

她总是在睡梦中惊醒，无数次警察的身影在她脑海里晃，她嘴里喊着：“对不起，我不是故意的，我对不起夏温暖！”

她终于下定决心要来医院跟温暖道歉，可在门口始终没有踏出那一步。苏瑜去买水果了，许言之在喂温暖喝汤，他们一个个全部都围着温暖打转。

苏瑜拎着水果过来：“怎么不进去？”

她看到苏瑜买了平时从来不会买的杧果，皱了皱眉："妈妈，我不能吃杧果。"

"我知道，你对杧果过敏，所以我给你买了草莓，温暖喜欢吃杧果。"苏瑜脸上带了一抹微笑，推开门，对她说，"快进来。"

"我不喜欢吃草莓。"苏薇在医院的楼道间奔跑，背影很快消失在拐角处。她靠着墙壁蹲下身，抱着自己的双腿隐忍地哭泣。

温暖出院的那天，秦东旭找了她一次。

等秦东旭一走，果然就有警察到家里来。夏煦鼓励她："把你知道的都说出来。"

温暖对着警察打开的笔记本，眼神闪了闪："我们去那里玩，一楼突然就起火了，所以我们被困住了。"

警察一走，温暖紧绷的神经也缓和了一些。

她在医院里落下的课程，许言之全部给她补了上来。不止许言之，余泽这两天干脆请了假回来陪温暖。

温暖盯着余泽在厨房的背影笑："余泽，你真的会做饭吗？"

余泽忙着切菜，头也没抬："你还别不信。"

门铃一响，温暖放下遥控器去开门。泡芙扑到许言之怀里亲昵地蹭着，时不时发出一声软软糯糯的"喵"。

温暖把泡芙提回来："谁才是你主人？"

许言之只是笑。

阳光和煦，微风带来一丝凉意，直直地击入人心里最深处。

· *03*

温暖回到教室那天，所有人就像约好似的避开了火灾的问题，尽管这几天的新闻上全是“东郊危房起火，三名高中生被困二楼”。

许言之帮她整理好有些凌乱的课桌，把热腾腾的包子递给她。温暖咬了一口，是萝卜干腊肉的。

课后秦东旭在操场等她，温暖过去的时候秦东旭刚好打完一场篮球。他大汗淋漓地下场，臂弯里挎着一个橙色的篮球。

秦东旭抬起胳膊擦了擦汗，露出一个稍显腼腆的笑容：“昨天的事，谢谢你了。”

温暖摇头，她才应该谢谢秦东旭给她松了绳子。

“我代替薇薇向你道歉，对不起。”秦东旭朝她鞠了一躬，汗水滑过他瘦削的下巴。

苏薇抱着一沓试卷路过，心里有什么东西一下子炸开。

连你也要放弃我了吗?

苏薇好像瞬间回到了噩梦中，梦里面，苏瑜尖叫着指着她的鼻子:“你竟然想杀了我的女儿，我真是后悔养你这十多年！”

她被苏瑜赶出家门，所有人都在笑她、骂她，说她是白眼狼。

苏薇一度崩溃，哭着醒过来，她经历过绝望、经历过死亡，经历过人生那么多的意外，她真的不想身边的人再离她而去。

“高考已经迫在眉睫，这几天希望你们早点睡觉养足精神备战高考，期待你们带来的成绩。”

欧阳在黑板上把彩色粉笔写着的“4”擦掉，严肃地写上了“3”，距离高考还有三天。

温暖碰了碰许言之的胳膊，悄声问他：“一会儿去食堂吃烤鸡怎么样？”

下午时分，降临了一场小雨。

柔和的雨丝细密地落在温暖手臂上，许言之撑了一把伞，把温暖拽回来在伞下站好。地面湿漉漉的，染脏了温暖的鞋子。

好些人在树荫下躲雨，怨声载道：“变天就像翻脸一样，猝不及防。”

温暖回过头看许言之：“你喜欢下雨吗？”

许言之把温暖露到伞外的胳膊拉了回来，抿着唇点头。

大概因为第一次见你，是在雨里。所以无论多大的雨，只要一下，我就会不可避免地想起你。

他们走到教学楼，散发着书卷香气的教室总有人全身心地投入在复习里。

许言之的伞还没收，遮挡着从半空过来的飘雨。等温暖进了教室，他才利落地收了伞，在教室后方又撑开晾干。

水珠顺着伞骨流下来，落在漆黑色的伞柄上，指尖沾染了一片湿润。

许言之在收桌子的时候，手背触碰到了一个带锁的笔记本。他面色无常地把笔记本放进书包，然后将摊开的试卷分类收好。

明天需要早起，把不必要的东西运回去，后天就要坐上去高考的大巴车。

许言之侧头看了同样忙碌的温暖一眼，心里变得潮湿又柔软。

· *04*

温暖的东西不算多，比起学霸秦诗怡和魏晨轩两人简直是小巫见大巫。再加上温暖舍得丢，她把觉得用不上的东西全部一股脑儿扔进了垃圾桶，最后要带回家的东西少得可怜。

余泽下午特意过来给温暖搬东西，看到她桌脚边上躺着的一个小行李箱时，不太确定地问她："夏温暖，你真的是女生吗？"

温暖把书收好，拉上行李箱的拉链："如假包换。"

余泽觉得自己看到的可能是一个假的女生。

许言之这两天请了假，不用去餐厅帮忙。温暖做东请了他去家里吃饭，于是三个人顶着骄阳到了温暖家。

夏煦刚好开车回来，买了一大堆食材。余泽拉着许言之去做饭，温暖跟过去："我帮你们洗菜。"

余泽一边絮絮叨叨地剥蒜，一边问许言之："你会下厨吗？我平时跟着夏叔叔学做菜，也学到了不少精华，一会儿就让你见识见识。"

许言之把余泽手边上还没剥的蒜全都拿过来，余泽笑着跟他说："谢谢啊，其实我剥得确实挺慢的。"

许言之把蒜瓣儿放在砧板上一刀拍下去，蒜皮就轻松地脱落，看得余泽目瞪口呆。

"这样会比较快。"许言之把蒜皮丢进垃圾桶，随即拿起刀娴熟地把蒜瓣儿剁了个稀碎，蒜泥却还乖巧地留在刀面和砧板上。

余泽突然想了想自己剁蒜的时候，那满天飞的蒜泥……他觉得自己的脸有点疼，两边都疼。

温暖拍拍他的肩膀，鼓励道："任重而道远，加油。"

余泽觉得脸更疼了。

许言之是厨房里的一把好手，饭菜上桌时连夏煦都赞不绝口，忍不住夸许言之小小年纪竟然能做出这么好吃的菜。

许言之谦虚地低头："叔叔过奖了。"

拍毕业照的时间定在周二的早上，441班因为排在第一个，七点半时，所有老师在布置场景时，他们都还没吃饭。

温暖和许言之被欧阳喊过去帮忙，从仓库搬了许多张椅子到操场上。温暖一大早就被校园里的广播声吵醒，现在脸色有点不对劲。

她只搬了两张椅子就有点头晕犯恶心，脸色苍白得不见一抹血色。许言之注意到温暖落后才发觉她已经冷汗涔涔，靠在原地大口喘气了。

"怎么了？"许言之摸她的额头，汗水沾满了他的手掌，有丝凉意。

温暖抓住许言之的手，有些气短地说：“低血糖。”

许言之从口袋里摸出一块巧克力，给她撕开包装：“你先垫垫肚子，我身上没有其他的糖。”

· *05*

“好点了吗？”许言之扶她站起来，她还有点无力，只是脸色要比刚才好一些。

“嗯。”

温暖去搬椅子，被许言之拉住“你这样走路我都怕你摔跤，椅子我来搬。”

温暖乖乖地跟在许言之身后，许言之高大挺拔的背影落在她脚下，他走一脚，温暖就踩一脚。

由低血糖引起的症状已经消失，温暖在欧阳的指示下站上了第二级台阶。许言之就在她身后站定，闪光灯一亮，把这一刻完美定格。

温暖拉着许言之去拍照，许言之一脸不情不愿的样子。

魏晨轩突然冲着他们大喊：“别动别动！”

温暖和许言之一愣，“咔嚓”的细微声响传来。魏晨轩走过来，把成果翻出来给他们看：“像不像结婚证？”

他们身后刚好是宿管阿姨趁着天气好晒出来的大红色床

单，一并入了镜看起来确实很像结婚证。

温暖瞪了魏晨轩一眼：“你结婚才穿这么丑的衣服呢！”

魏晨轩摸了摸鼻子，打算删除。许言之把他的手机抢过来，用最慢的蓝牙传送到了自己手机上。

“拍照技术有点差。”许言之客观地点评。

“那你把图片给我传回来。”魏晨轩伸手。

许言之沉默了一会儿，然后在他手掌上拍了一下。

442班下来的时候，温暖和许言之刚好上楼。经过苏薇身边，温暖看到苏薇的脸色变了一下。

苏薇原本跟人说说笑笑的话瞬间消失在喉咙里，她有些不自然地快速下楼，甚至连许言之也没看一眼。

高考在即，还是等过了高考再找个合适的时间告诉许言之吧。温暖偷偷地瞥了许言之一眼，却被许言之抓个正着。

“怎么了？一副做贼心虚的样子。”

温暖走在外侧，她分出神来看许言之，脚下差点踩空。

许言之抓住她的手臂把她扶好站稳，侧头看她时脸部线条格外柔软：“小心点。”

温暖应了一声，心里似乎掀起了小小的一层水波。像是柔和的南风过境，轻拂过蔚蓝的海面一样。

温暖有时也会想，苏薇为什么会这样喜欢许言之呢？明明身处在两个不同的班级，明明没有过一点交集。

可是许言之真的很优秀啊，长得又好看还会做饭，温柔体贴找不到一丝缺点，不喜欢他，那该喜欢谁呢？

教室里有些空荡，之前被堆满了试卷、辅导书以及课本的桌面全都被清理掉，让人还有些不习惯，桌肚里倒是还留着最后一夜用来复习的资料。

温暖听到窗外传来汽车的长鸣。

第十二章

谁不想要故事里王子和公主的
爱情呢?

· *01*

距离高考：0 天。

温暖收拾了几件衣服，背着书包爬上了 441 班的汽车。

许言之占了座，正坐着闭目养神。温暖走过去，熟门熟路地把书包放到头顶的储物板上。

汽车启动，穿越平时拥堵的马路。

“许言之，我不得不再重复一遍。”

“什么？”许言之睁眼，眼睛里蒙上一层叫“迷茫”的东西。

“你记得写完要摊开在桌面上，还有字要写大一点。”

“……”

“选择题选 A 的话……”

“想得美。”许言之打断她，重重地戳她的脑门，“给你复习的东西都被你丢到哪儿去了？”

汽车在清溪大学停下，绿树环绕的校园显得静谧无比。

六月的早蝉在苦楝树上一声一声不知疲倦地叫着，隐匿在林叶间仿佛在等人探寻。天高云阔，一架飞机从远方驶来，在他们头顶划过，留下身后两道翻滚的痕迹和一阵绕耳的余音。

欧阳带着女生找到女寝，把东西都整理好之后，再去清溪大学的食堂。

“不愧是重本，从环境到食物简直无可挑剔。”温暖嚼着排骨，有些口齿不清地表达她对清溪大学的满意。

“那明天就好好考，以后可以在这儿待上四年。”许言之把自己碗里的鱼块夹到温暖碗里，“临时补补。”

“补哪儿？”温暖夹着鱼块问他。

“补脑。”

怎么听着就有点不对呢？温暖皱了下眉，整块鱼肉下肚，刺儿全都被吐出来了。

下午两点，虞唐市的车也停在了清溪大学操场。温暖循着学校名称找，在倒数第二排找到了红郡中学的大巴车。

简清雅拎着行李箱下来，双脚刚落地，就被人抱了个满怀。她退了两步，背靠着车身才堪堪站稳。

他们班班主任正在点名，一眼就注意到班上混进了一个其他学校的。他举着“小蜜蜂”喊：“其他学校的同学，请离开队伍，我们要整队了。”

许言之把温暖带出去，朝着他抱歉地点了点头。

领了准考证，温暖拉着许言之去找考场。他们在一个考场，并且座位也挨在一起，分别是二三组的最后一个。

温暖坐在座位上巴巴地看着许言之。

许言之瞪她一眼：“出息！”

他们离开考场时，校园里已经陷入了黑暗。

三三两两的情侣在路边漫步，温暖转头，撞进许言之深邃的眼里，那双眼睛像是蕴藏着一整片星星点点的夜空。

温暖的心忽然就漏跳了一拍。

· *02*

窗外是长着矮灌木的花园，入目一片苍翠。

身后的空调发出“呜呜”的声响，驱散着夏日午后的炎热。

温暖拧开签字笔，在试卷上写上自己的名字。不太好闻的油墨味顿时被风吹散开，消失在空气里。

温暖在 A4 纸上演算着方程式，很快黑色的数字就布满了整张纸。如愿以偿得到答案，温暖的嘴角轻轻翘了一下。

很小很浅的弧度，甚至温暖自己都没有注意到，却落在许言之眼里，触碰到他内心最深处。

许言之觉得自己可能，一辈子要陷在温暖身上了。尽管只是相处了一年，内心的渴望却开始一点点蚕食掉他脑海里所有认为不可能和温暖在一起的一切理智。

如果他这小半生算得上痛苦的话，那么温暖就是他痛苦的人生中开出的一朵花。

那样的亭亭玉立，令人神往。

温暖似乎被什么难住了，眉头紧锁着。她在 A4 纸上涂涂改改了好多遍，最后又被一笔画掉。

她的眼睛里全是枯燥的题目，许言之却这样看了她将近大半个小时。这道题她写的是对的，只是她在怀疑。

许言之在温暖翻动卷子的时候已经替她检查了一遍。她今天的状态很好，很多以前爱犯的错误全都完美地避免了。

许言之看到她最后还是写下了那个令她犹豫不决的答案，眉梢眼角多了点笑。

铃声一响，校园内就变得熙熙攘攘起来。一路走过去都是比对答案的声音，语气或懊恼或欣喜。

温暖不关注答案，她现在肚子有点饿，拉着许言之在食堂占了个位置。温暖排队打了两份大份的糖醋排骨。

食堂里的气氛总是很热闹，各种说话声混杂在充满了饭菜香味的空气里。余泽端着碗四处闪躲着来往的人潮，动作小心得像是小丑一样滑稽。

他坐在温暖旁边问："你要考哪里？"

"清溪大学。"温暖拍着胸膛壮志凌云，"本来就有这个打算，这几天一住就更想考了。"

温暖话音刚落，穿着黑红色短袖的简清雅从人群里冒出个头。她的校服和长宇中学的蓝色一点也不搭调，坐在他们旁边显得有些突兀。

简清雅因为心脏不好很少出门，除了待在学校就是待在家里，所以肤色要比一般人白得多。脖颈处的线条清晰流畅，抬头时像极了一只高傲的白天鹅。

下午还有一场考试，余泽趁着休息时间在清溪大学的一家花店里买了一大束粉红色的蔷薇花。

他在卡片上写了一行小字，插在漂亮的花朵中央。他把花寄存在考官那儿，才安心地趴下来休憩。

反正无论如何，都要勇敢一次的。

· *03*

清溪大学有一位教授，喜欢鸽子，他在住的院子里养了一群羽翼洁白的观赏鸽。

大概是到了鸽子要出来透气的时候了，三两只结伴低低地飞过教室外的屋檐，“咕咕”的叫声在寂静无声的校园里来回盘旋。

温暖和许言之走在一起，不知怎么就绕过了图书馆、梯形的礼堂、向四周喷射着水柱的喷泉池。

最后他们在老教授的院子门口停住。

两鬓已经斑白的教授在给留下来的鸽群喂食，他将鸽食往空中一抛，鸽群便猛地飞起来啄食。

老教授发现了他俩，他把手里的食盆一放，就走了过来。

“这是暖暖吧？”老教授看着温暖露出和蔼的微笑。

岁月在他脸上留下了痕迹，一道道深浅不一的沟壑却也没能填满他上扬的嘴角。

温暖点头喊他："罗爷爷。"

"好啊，都长这么大了。"老教授爱怜地看着温暖，他的两只手比画着，"当年才这么一丁点大，时间这么一晃，就成了漂亮的大姑娘。"

老教授看着许言之，眸中流露出些许满意之色："这是暖暖的男朋友吧？好啊，铮铮傲骨，将来一定有出息。"

老式院子上的烟囱里飘出一股灰色的油烟，空气中混杂着炒肉的香味，加入辣椒后又变得有些呛鼻。

"进来吃饭了，罗先生。"罗奶奶在屋里喊，她已经把饭菜端上了桌。

"知道了，罗夫人。"老教授应了一声，有些抱歉地看着温暖和许言之，"我太太喊我吃饭了。"

老一辈的称呼他们还用着，外人听起来都感觉格外甜蜜。

老教授进去前，还朝着他们比了一个"胜利"的手势："高考加油。"

温暖和许言之沿着来时的路往回走，在满是"咕咕"欢送声中离开。

"罗爷爷和罗奶奶在彼此最艰难的时候结成伉俪，一晃眼都互相搀扶着走过了四十年。"温暖感慨着，"他们生活在最艰难的时代却收获了最完美的爱情。"

脚下的阳光被踩碎，对面钟楼的钟声清脆悦耳。

那时候没有快递，车马邮件都很慢，一生那么长也只够爱一个人。

“你也想要这样的爱情吗？”许言之说话时，有一抹阳光覆住了他的眼睛，使他只能半合着双眼去看温暖的脸。

或许，我可以给你。

“谁不想要故事里王子和公主的爱情呢？”温暖反问他。

大概是阳光太炙热，许言之站着，耀眼得有些过分。

· *04*

休息时间一过，温暖稍稍放松的神经立即就紧绷起来。

许言之坐在她左侧，可以清楚地看到温暖挺直的后背。

她接过印刷得黑白分明的试卷，像是在给自己打气加油似的深吸一口气。

许言之在快速浏览了一遍题后，才去动笔。

他盯着温暖皱着的眉心上的一个小小的“川”字，在最后一刻画掉了选择题顺数第五题的答案。脑海里有一个声音不断地在问他：“你不后悔吗？”

不后悔。

哪怕进入的不是重本学校，只要能够陪着温暖走下去就好。他有一生可以去拼搏，但温暖只有一个。

“温暖，你跟我来，我有事要跟你谈谈。”余泽面色认真，神情严肃，一点也不像是在开玩笑。

温暖还以为有什么大事，把东西塞到许言之手里就跟着余泽走了。

感受到耳边温柔的风突然停了下来，温暖仰头看着余泽，红扑扑的脸蛋上有几颗玲珑的汗珠。

“谈什么？”

“恋爱。”

温暖似乎被吓到，呆呆地站在原地。

余泽变戏法似的拿出一束花，是温暖很喜欢的蔷薇，粉色的，每一朵都开得很漂亮。

“夏温暖，我喜欢你。”余泽把花往前送。

他伸手的一瞬，温暖好像被什么击中一般不由自主地后退了几步。

“你是认真的吗？”温暖吞了一口唾沫。她从来没想过余泽会喜欢她，至少也是喜欢像苏薇那样娇小的温柔羞涩的女孩子。

“你看我像是在开玩笑吗？”我喜欢你，整整十年。

余泽从没有哪天像今天这样认真过，他脸上没有了平时最多的微笑表情，紧紧抿着唇，眼神专注地盯着温暖。

他诚恳得，温暖不知该怎样抉择。

不能像是今天要吃什么菜一样随意，那是跟她从小玩到大的好朋友。

温暖正思考着以什么理由来拒绝余泽，她就看到许言之端着两杯奶茶过来，还散发着淡淡的凉气。

“你要拒绝我吗？”余泽拿着花束的手收紧，话出口才发觉声音沙哑。他看到从许言之出现的那一刻起，温暖的视线就不由自主地被牵引。

这一次是真的了，他大概真的没机会了。

温暖看着余泽有些晦暗不明的脸："余泽，我真的只当你是好朋友的。"

余泽拿着花的手垂在双腿两侧，才苦笑一声："我知道。"

"那我们还是朋友吗？"温暖不知该怎么安慰余泽，但她打心眼里不希望因为这件事破坏了两个人的友谊。

毕竟能相伴着一起长大已经不易，有些事情就当揭过一面，再相处时仍旧如初，这样好吗？

·*05*

许言之陪温暖回女生寝室，手里的奶茶已经被太阳烘烤得往外渗出水珠，顺着他骨节分明的手滑落下去。

温暖叹了口气，接过奶茶喝了一大口。

凉意直达心底，温暖苦着脸去看许言之："我好像要失去余泽这个好朋友了。"

许言之摸了摸她的脑袋，温声说话："你喜欢他吗？"

"喜欢。"温暖垂着头，双手无力地耷拉下去，"像朋友一样、亲人一样的喜欢。"

许言之拉着她在寝室楼下的石凳上坐着，来来往往的女生像是发现新大陆似的朝着许言之指指点点。

欧阳从寝室楼下来，鞋底还未落地就听到路过的学生在聊着"门口那个男生好帅啊"。她走出去，打算去跟她们口中的那个“好帅”的男生聊一聊，毕竟这里是女生寝室。

走到门口，欧阳脑门上就忍不住落下几根黑线。

“要毕业了就什么都不顾了？”欧阳噙着笑在他们面前站定。

“欧阳老师。”许言之站起来，第一次露出因为不好意思而显得有些腼腆的笑容。

“加油吧！”欧阳拍拍许言之的肩膀，在他们目光中走远。

温暖有些迷茫地看着许言之：“欧阳老师刚才的话是什么意思啊？”

“不知道。”许言之摊手。

是吗？温暖满脸狐疑，她在许言之的目送下上楼，将已经空掉的奶茶杯随手丢进垃圾桶。

爬满青藤的教学楼墙壁下，有一条用水泥铺好的光洁过道，两旁是石头垒成的低矮的围栏。

脚边有不知名的野花在盛放，从矿泉水瓶里流出来的水滴刚好砸在花朵上，花朵就更加鲜艳了。

简清雅就是在这样的情形当中见到余泽的，他浑身萦绕着颓唐的气息，身边安安静静地躺着一束有些萎靡的蔷薇花。

简清雅犹豫了一下，她可以直接离开的。但是余泽像是知道有人来，在她脚步迈开的前一秒望了过来。

简清雅顿了顿，还是朝着余泽坐的地方走了过去。

她在考完试后，是打算要去找温暖的，但是走到一半发现温暖和余泽在一起。她看了一会儿，就听到余泽在跟温暖表白。

难怪，余泽在考试前把花束给了考官，原来只是寄存。她当时还以为余泽真的看上了那个四十多岁的，还有孩子的女老师了。

简清雅为自己的猜测感到羞愧，她坐在余泽旁边，把瓶身和瓶盖分离的矿泉水瓶拧好。

“她拒绝我了。”余泽狠狠地吐出一口气，他的肩膀随着动作一并沉了下去。

简清雅把瓶子准确无误地投进路边灰色的印着“可回收垃圾”的垃圾桶里：“我知道。”

“你叫简清雅是吗？”余泽定定地看着简清雅。

她偏瘦，肤白，很清爽的一张脸，眼睛很漂亮，睫毛很长。

第十三章

一生要求的，不过一个你。

· *01*

回长宇中学的前一个晚上，余泽和简清雅一起在食堂吃了一顿饭。

或许是因为他在失恋后，简清雅成了他唯一的听众，所以第二天回虞唐的大巴车后面，有那样一个高挑的少年在后面挥手。

简清雅听到自己脆弱的心脏猝不及防地狂跳起来。她打开窗户，还能看到余泽那抹越来越远的蓝色身影。

还处于八点钟的清晨，耳畔响起沙沙树声，有风穿林而来。高速公路上飞速倒退的树木，在瞳孔里变成一个点。

但愿我们还能再见，那时候我是完好的我。

连续两天的疲惫并没有击垮已经回到教室的学生，反而让他们更加兴奋和激动。

欧阳在台上讲话，底下奇迹般没有发出一点声音。

中午的长宇中学人潮涌动，广播里放着一首老歌《栀子花开》，旋律一响起就让人忍不住泪目。

回荡在整个校园的歌声终于让强忍了许久的同学的眼泪掉了下来：

“栀子花开，so beautiful so white，这是个季节，我们将离开……”

单一的节奏和歌词不停地重复，低沉的声线透过安在三楼楼梯间的大喇叭，带着点机械的磁性：

“栀子花开呀开，栀子花开呀开，像晶莹的浪花盛开在我的心海……”

许言之给温暖递纸，温暖拿过去胡乱地抹了几把。纸团捏在手里，形状一变再变。

欧阳讲完，自己也忍不住泪流满面。双目通红的样子终于让人接受了平时不苟言笑的班主任其实也是一个女生，比他们大不了几岁的女生。

最后收拾东西的时候，温暖把桌肚里堆叠的试卷搬出来，歪着脑袋问许言之：“你知不知道淋雪是什么感觉？”

许言之摇头，他没有体验过淋雪。

“我送你一场雪。”

温暖踩着凳子上去最后站在了桌子上，那一瞬间所有人都安静了。所有人的目光凝聚在温暖身上，猜测着她要做什么大事。

“许言之，下雪啦！”温暖把手中试卷一扬，飘散在空中的白色纸张全部纷纷扬扬地往下落。

许言之仰头看她，倏而露出了一个尺度很大的笑容。温暖可以清楚地看到飞舞的试卷中，许言之洁白的牙齿。

441 班带着其他四个班开始了一场撕书下雪的活动，一瞬间从五楼落下去的书页和试卷被风刮得满校园都是。

校长气急败坏地爬上五楼：“一群小兔崽子，给我打扫干净了再走！”

· *02*

温暖捂着嘴偷笑，在许言之收东西时眼尖地发现了一个精致的笔记本。封皮是漂亮的淡绿色，印着一棵参天的大树，树叶小小尖尖的，密集得像一把伞。

“怎么从来没见你用过这个本子？”温暖从许言之敞开的书包里拿出笔记本，“不是吧，竟然还带着锁！”

是那种有三个罗盘形状的锁，罗盘周围刻着数字，需要把三个罗盘上的数字都猜对，才能打开这把锁。

温暖转了几下，本子就被一双大手抢了过去。拉链以肉眼可见的速度合上，许言之面色极不自然地咳了一声。

温暖眼睛飞快地转了转，她凑过去小声问：“这该不会是你不能见光的秘密吧？”

许言之转个身，把书包背好就要走，温暖连忙跟上去：“被我猜对了？”

“闭嘴！”

行吧，闭嘴就闭嘴。

温暖果真安静了一路，安静得许言之都有些不适应。他视线快速地在温暖身上扫了一圈，要收回时猝不及防地撞上了温暖的目光。

“要告诉我了？”温暖蹦到许言之前面兴冲冲地问。

“……”

许言之绕过温暖，面色紧绷，嘴唇却不可遏制地拉扯出轻微的弧度。

一个记录了我从第一次见你，到现在和你相处所经历的点点滴滴的笔记本，它大约见证了我暗恋你的一整个过程。

许言之又恢复了在“Sweet”的工作，温暖因为暑假漫长且无聊也重拾服务员一职。

早上七点的闹钟一响，温暖就起床有条不紊地刷牙、洗脸、换衣服、吃饭，惊得夏煦下巴都要掉了。

对于一个知道自家女儿平时日上三竿都不会起床的爸爸来说，没有什么比这更具有冲击力了。一连几天都是如此，夏煦为此也是操碎了心。

温暖坐在餐桌旁，乖巧地等着她的三明治。夏煦出来的时候，温暖还礼貌地跟他打了声招呼：“爸爸，早上好！”

“早……早上好。”对于一个从来没听到过自家女儿说过“早上好”的爸爸来说，这无疑是很不正常的。

“暖暖啊，”夏煦犹豫再三，“你是不是高考没考好啊？就算考砸了，爸爸不会怪你的，尽力了就好。”

温暖吃着三明治说话含混不清：“没有啊，我考得挺好的。”

“那你为什么起得那么早回得那么晚？你可千万不要学电视里那些傻女生想不开，爸爸就你这么一个女儿……”

夏煦一段话，说得几度哽咽。

“可……我就是打个暑假工啊，爸爸！”

·03

第七天的早上，温暖一如既往地推门离去。

经过两旁已经接近枯败的蔷薇花丛，她随手把泡芙放在夏煦最近新垒的篱笆墙上，泡芙软软地“喵呜”一声，在篱笆墙上舒展着身体散起步来。

温暖把篱笆外的铁门带上，一转身发现几天没见的余泽抱着泡芙站在枝繁叶茂的槐树下看着她。

余泽走过来，还是以往的语气，仿佛一切都没有变：“你要去哪儿？”

“去餐厅打工。”温暖看着余泽总有点心虚，眼神在他身上瞥来瞥去，就是不敢直视他的眼睛。

温暖听到余泽笑了一下。

泡芙灵活地爬上余泽的肩膀，蹲在他的肩头，小小的猫脑袋蹭着他的脖子和脸。余泽说：“泡芙比你有良心多了。”

“哎？”

“这么久都不找我玩，我还以为你不要我这个朋友了。只有泡芙每天跑到我家，和我相依为命。”余泽把泡芙放下来，小猫围着他前后左右地转。

“我以为你不会想见我了。”温暖尽管是实话实说，也仍然没有一丝底气。

“走吧。”余泽摸了摸她的脑袋。

新长出来的毛茸茸的头发被余泽从梳好的马尾里揉了出来，太阳逐渐笼罩过来，颜色变得金灿灿的。

“去哪儿？”温暖看着余泽从对面的院子里推出来那辆去年冬天载她的黑色自行车，不解地问道。

“你快要迟到了。”余泽看了一眼表盘上的时间。

“快！”温暖跳上自行车后座，拽着余泽的衣服吼。

“知道了。”余泽控制好车头，穿过人行道，穿过挤满了听着广播来晨练的老爷爷老奶奶的公园。

老式的戏曲在掉了漆的播放器里“咿咿呀呀”地唱着，唱的是温暖还挺熟悉的《刘海砍樵》。

温暖戳余泽的背：“罗爷爷教我们唱的戏，你还记得吗？”

“记得。”

小时候温暖和余泽时常坐着夏煦的汽车到清溪大学，得了空老教授就会教他们唱几句，他说花鼓戏是他们那一辈人很喜欢的东西。

“余泽，我们来对戏怎么样？”

“好啊，对就对。”

“我这里将海哥好有一比……”温暖的歌声被自行车两旁划过的风吹远。

“胡大姐！”

“哎！”

脆生生的唱词被拉得远了，好像一下子回到了跟着老教授学戏的时候。

那时候一把二胡、一杯水，两个人一学就是一下午。夏煦来接人时，他们还意犹未尽地抱着罗爷爷的腿，一人一条的那种，嘴里大声喊着：“不回去！”

· *04*

夏煦又给温暖买了一部手机，顺带把余泽那部用了很久的、连数字键都已经模糊的老人机换了。

这一年夏天，温暖有了 instagram 账号。

会动的小视频闪了闪，变成了嫩嫩的粉色界面。

温暖到餐厅，许言之也刚到。两人在“Sweet”的招牌前成功会晤，温暖兴致勃勃地打算加上许言之的 ins 账号。

许言之反应比她慢了一拍，在思考了一下“什么是 ins”无果后，被温暖狠狠地鄙视了一番。最后还是温暖手把手地教许言之申请账号注册和登录，然后加上了自己。

令人惊讶的是注册不久就有人加她，来人备注是：魏晨轩。

魏晨轩把他们俩都拉进了一个叫“长宇中学441班”的群组，群组人数在他们进入后日益增加。

欧阳在群里头发了一段话，大致意思是高考成绩会在六月底出来，到时候所有同学都要回学校填报考志愿。

下午温暖和许言之回家，从飘着香的花园里经过，意外地看到了清溪大学那对感情很好的夫妇。

温暖站在人工种植的花圃后面，看到罗爷爷在路旁新长出来的野花丛里精心地摘了一朵最美丽的野花，然后走到林荫下坐着乘凉的罗奶奶身边，仔细地、小心地把那朵花插在罗奶奶已经花白的头发上。

温暖突然想起罗爷爷以前在米黄色的宣纸上，手执毛笔写下的一行苍劲有力的大字：岁月静好，一生要求的，不过一个你。

"要去打招呼吗？"许言之微微低下头问她。

"不用了，别打扰他们。"温暖转身，朝着离家稍微远一点的那条路走。

"魏晨轩组织了一场聚会，要去吗？"许言之在路边的小商店买了两支甜筒，他把杧果味的递给温暖。

"什么时候？我怎么不知道？"温暖一口把甜筒尖儿咬掉，底部的巧克力把她的牙齿染成了黑色。

"刚才，你在看教授的时候。"许言之伸手，自然地把温暖唇边的巧克力沫擦掉，眼神柔软得像是天上不掺杂质的云。

晚霞已布满整个天际，夕阳的余晖和它们打了个照面，然后心满意足地落了下去。

老槐树的枝丫伸向四面八方，缠绕着青绿色的秤砣藤，前来休憩的老人家搬了竹椅坐在下面，手里摇着一把枯黄色的蒲扇。

岁月忽已暮。

许言之把温暖送回家，才转身朝着另一个方向走去。他经过已经人影稀疏的菜市场，在老狗打着盹儿的那个蔬菜摊买了一点儿空心菜。

把最近已经用完的油盐买齐，许言之摸索着身上的钥匙，在一片黑暗中将钥匙插进锁孔。

往右一转，“啪嗒”一声脆响，门开了。

·*05*

有一件事，必须要去面对了。

温暖披上外套，在大雨下来之前冲出家门。

她找到蓝山咖啡馆的时候，苏瑜已经等了很久了。从买了新手机到现在，每天总会进来一个陌生电话。温暖接了一次，就不愿意再接第二次。

她在服务员的带领下找到了42号桌，那里果然坐着一个女人，背对着她。长而微卷的头发松松地垂在身后，从她的角度看去还可以看到女人左耳耳垂上挂着的珍珠耳坠。

温暖在她对面坐好，已经有一杯放凉的咖啡摆在那儿了。

苏瑜看到她表现出很惊喜的样子，手足无措地想要去握她的手，她眉头拧了一下，不着痕迹地收回双手。

苏瑜愣了一下，随即尴尬地捧着咖啡杯抿了一口。

“你找我有什么事？”温暖决定开门见山，她不太愿意在这里浪费时间。

“我就是想见见你。”苏瑜盯着出落得越发像自己的女儿，心里涌起无限慰藉。

“见也见到了，我走了，以后不要再给我打电话。”温暖起身，经过苏瑜身边时被拉住，手腕被苏瑜握在手里，她有点挣脱不开。

“我们能好好说会儿话吗？”苏瑜问她，带着点恳求的味道。

温暖一下子就笑了。

二楼落地窗外可以清楚地看到雨点从眼前掉落下去，从几滴几滴变成滂沱大雨。

砸在地面的“噼啪”声经久不衰，突然一道闪电划破长空。

“从你和我爸离婚的那一刻起，我们就已经没什么关系了。你当时能丢下那么小的我，那就不要再奢求现在我们能好言好语相待。”

温暖没带伞，但是她现在不太想留在咖啡馆躲雨。

“你为什么就不能相信我和你爸爸这样做是有苦衷的呢？”苏瑜站起来，有些勉强地撑着座椅的扶手。

“有什么苦衷需要你抛夫弃子，最后还收养了别人家的女儿？”温暖端起变凉的咖啡杯喝了一口，苦涩蔓延至心底。

“你知道了？”苏瑜脱力地跌坐回去，“你听我解释，我当初收养薇薇完全是因为太想你，我没有办法……我看她和你一样大，和你一样可爱，我……”

雨幕拉得越发大了，朦胧得让人看不清走过来的一对母女打的伞到底是白色还是粉色的。

“那我们今天不说这些不开心的，我们不吵架。”苏瑜从座位上的手提袋里拿出一个精致漂亮的盒子，她眼眶还有点红，随便用手背抹了两下，“你就要生日了，这是我给你准备的生日礼物，你看看喜不喜欢？”

是一条粉红色的水晶手链，一颗颗水晶整齐地串在银色链子上，被咖啡馆柔情的橘色灯光打着，亮闪闪的。

“你小时候就喜欢亮晶晶的东西，各种颜色的小珠子手串都有一条，我都还收着……来，试一下能不能戴？”

苏瑜去拉温暖垂在身侧的手，即将触到的瞬间温暖往后退了几步。

她说：“我已经不喜欢这些东西了，这就是你缺席我人生十三年的结果。”

第十四章

我不能和你去同一所大学了，
温暖。

· *01*

夏温暖，你要的所有东西都能得到，而我呢？

已经大步跑进雨里的温暖没注意，她身后还跟着泣不成声的苏瑜。她多想把伞给你，又怕你拒绝，所以亦步亦趋地跟着。

苏薇从座位上起身，因为同一个姿势坐得太久，肩膀已经酸痛得不行。

你到底何德何能，让这么多人掏心掏肺地对你好？甚至我能被收养，都要倚仗和你一样的年龄、一样可爱的长相。

苏薇把折叠伞丢进垃圾桶，抬脚迈进雨里。

她回头看到周围还在屋檐下躲雨的人一个个愁眉苦脸的，下雨不好吗？包容我们所有的宣泄。

苏薇已经分不清脸庞上的液体到底是眼泪还是雨水了，她看着大雨击打着的模糊的马路，人行道有人过路时，她也跟在后面。

有人看着她在说着什么，她不在意，反正雨太大也听不清。

“薇薇！”隐约有声音穿透巨大的雨声传来。

苏薇抬起头，被雨水打湿得贴在脸上的刘海有些妨碍她看清来人。

“薇薇，怎么了？”秦东旭撑着伞快步走到她身边，雨点砸不到她身上，身体不疼反而心更疼了。

“都湿透了，我家在附近，先去我家避避雨。”秦东旭拉着苏薇冰凉的手走了几步，苏薇大力地甩开他。

“你不要管我！”苏薇在一片车鸣中快速穿越人行道，“没有人愿意管我，没有人在乎我！”

秦东旭跑过去拽着她的手腕，力气有点大，苏薇手腕红了一大块。

他有些愤怒苏薇不懂得爱惜自己的身体，用一种近似吼叫的声音喊：“我在乎行吗？我愿意管你行不行？”

苏薇被他脖子和脸都涨得通红的样子吓了一跳，呆呆地站在那儿忘了动。秦东旭突然丢了伞抱着她：“薇薇，谁都可能不管你，我不可能。”

看样子温暖今天是不会来了。

许言之盯着玻璃外的世界，嘈杂的雨声时刻都在打乱他的思绪。店里面没什么人，许言之对着手机里暗了的温暖头像，发了一上午的呆。

他列表里只有几个人的电话，温暖被他标在了第一位。

拨过去，没过几秒，甜美的女声就又一次响起："您拨打的用户已……"

他有些泄气地把手机收进口袋，从人造湖的方向跌跌撞撞跑过来的灰色人影突然闯进他的视线。

许言之吃了一惊，他退开几步在进门的地方撑开一把伞，举着伞扎进了雨里。

温暖撑着一丝力气勉强在雨点的敲打下睁开眼，她似乎看到一个身影离她越来越近。在许言之赶过来的最后几步，她脱力地跌倒在地面。

"温暖……"许言之拍她的脸，有温热的液体顺着许言之的手滑下去。

"许言之，我头晕，好想吐……"温暖捂着嘴，几次干呕却没有吐出什么来。

"是不是低血糖又犯了？"许言之把她扶起来，慌乱地在口袋里摸出一颗阿尔卑斯糖撕开给她喂了进去。

许言之打了一辆车，直接去了附近的医院。挂水的时候温暖还睡着，嘴唇白得吓人。

苏瑜靠着医院的墙壁流眼泪，她走得没有温暖那么快，追上她的时候她已经倒下去了。

"阿姨，您进去看看吧。"许言之从病房里走出来。

"不了不了……温暖不会想要看到我的，我怕刺激到她。"苏瑜把眼泪擦干一些，将手里的单子递给许言之，"谢谢你了，钱我已经付了，我去给她爸爸打个电话。”

苏瑜透过房门的缝隙看到温暖苍白的脸，一下子心脏就像被人揪紧一样疼：“是我的错，都是我的错……”

· *02*

温暖回到家已经是晚上了，夏煦特地开车来接的人。他回到家又开始忙上忙下，做清淡的粥和汤。

余泽在客厅里陪着温暖。

夜晚雨势小了不少，温暖家院子里种着的芭蕉树宽大的叶子抵在窗户上，青翠欲滴。

温暖拿着手机玩“贪吃蛇”，没过几秒就一头撞上障碍物死翘翘了。余泽凑过来，屏幕上刚好出现了她失败后贪吃蛇最终的长度：59。

“……”余泽忍住了自己想要吐槽的欲望。

温暖把手机扔给他：“你来。”

余泽堪堪接住，点开游戏手指灵活地在屏幕上滑动，躲避了一个又一个障碍甚至还吃到了不少食物，变得又大又长。

温暖摸了摸鼻子，行吧，你玩得……是比我溜一点。

大雨下了四天，温暖连续几个晚上都是枕着雨声入睡。许言之下班回家给她发消息，问她有没有好一点。

温暖点开头像回复：已经好了，明天就可以过来工作。

久雨初晴，空气清新，天空蓝得透彻，云朵悠然飘浮。温暖感受着晨间清爽的风，一路好心情地赶到餐厅。

广场上的小型游乐场又开了起来，响彻天际的音乐声混杂着嘈杂的说话声。

几个老外骑自行车从她身边经过，用纯美式的英语跟她打招呼："Hello，the pretty girl！"

温暖朝他们挥了挥手，灵活地绕过刚起步的那辆摩托车，两三步跨上台阶，推开了餐厅的那扇厚重的玻璃门。

许言之刚换好衣服，一边往外走，一边还在系身后的两根带子。温暖趴在门口看，刚好看到许言之低头时露出的洁白的后颈。

"许言之。"

"嗯。"

"你好帅。"

"滚。"

温暖嘻嘻笑着将一条胳膊绕过许言之的后颈搭上他另一侧的肩膀，但她身高不太够，只能踮着脚往外走："我说真的。"

许言之有点不想理她，也想让她闭上那张每说一句话就会让他心跳一次的嘴巴。他干脆从外衣口袋里摸出一颗糖，撕了包装往她嘴里塞。

舌尖抵住那个圆圆的东西，甜蜜顿时在口腔里散开。

嗯？蓝莓味的阿尔卑斯。

"你最近怎么喜欢上吃糖了？"温暖余光往他口袋里瞧，三色的包装还有点晃眼睛。

"怕你低血糖。"许言之白了她一眼。

大概是拍毕业照那一天起，我的口袋里就装满了糖。大概是去年圣诞节那天起，我知道了你喜欢吃阿尔卑斯棒棒糖。棒棒糖有一小节塑料棍儿不好携带，所以只好买了散装的。

“好吃吗？”许言之问她。

温暖从他口袋里摸出一颗撕了包装塞进他嘴里：“你试试不就知道了。”

“Sweet”餐厅三周年庆，在周五举行大型的试吃活动。

温暖和许言之在这一天被要求穿上米奇和米妮的玩偶套装，在活动场内负责活跃气氛。

蛋糕和饮品被端上桌，摆成了一整排，从游乐场借来的巨无霸音响乐此不疲地循环着催泪电影《泰坦尼克号》的那首英文片尾曲《*My heart will go on*》。

好好的周年庆活动就被渲染出了一种极度悲凉的气氛。

· *03*

温暖的身边聚集着一群笑得天真烂漫的女孩，她们簇拥着“米妮”走到另一侧的“米奇”身边。

温暖和许言之对视一眼，突然笑得直不起身来。

温暖把头套取下来抱在怀里，因为酷热而冒出汗珠的脸颊曝晒在了六月如火的太阳底下。

苏薇就是在这种情形下再一次不可避免地见到温暖的。苏瑜和她路过这里，被鼎沸的人声吸引了过来。

世界真小，你明明那么讨厌一个人，她却能时时刻刻出现在你面前。

苏瑜也看到温暖了，因为苏薇发现她手握成的半拳紧了又松。像是克制着没有过去和温暖说话，苏瑜看了一会儿跟她说："薇薇，走吧。"

苏薇怨恨地看了一眼温暖，面对苏瑜时仍旧乖顺得像只温驯的小羊。

"薇薇，过几天我可能要出去一趟，钱已经给你打在银行卡上了，你自己看着用。"苏瑜把早餐做好，上桌前给苏薇倒了一杯热牛奶。

热牛奶流进口腔，带来丝滑的感觉，顺着舌根一路经过喉咙到达胃部，胃里顿时变得暖洋洋的。

残留着的牛奶的香气随着说话声音飘散在半空，钻进鼻子里。

"去哪儿？"苏薇放下染着奶白色的玻璃杯，"可这两天成绩要出来了。"

"6 月 25 日对不对？我记着呢，我会在那天赶回来的。"苏瑜已经收拾好了行李。

苏薇看到苏瑜把前几天买的那条粉色手链也收了进去，她目光渐凝，在门被关上的那一刻一甩手将玻璃杯掷在地上。

脆响过后，遗留下一地碎裂的玻璃碴。

苏薇跑进苏瑜的卧室，在放满了文件的桌子最下方的抽屉里发现了她之前看到的粉色盒子。

揭开纸盒的盖子，里面果然是一堆已经掉了不少颜色的珠串。

夏温暖，去死吧！

苏薇把珠串全部丢在地上，炸开的五颜六色的珠子蹦起来，整个房间里响起了“噼里啪啦”的珠子落地的声音。

苏薇的床头柜上摆着一个相框，那是她小学时亲手用蛋壳粘出来的，里面放了一张她二年级拿了全班第二的奖状时拍的照片。

苏薇坐在苏瑜的床上，有什么硌着她的腿。她站起来看，才知道是一颗蓝色的串珠。

装珠串的盒子被她丢在角落里，苏薇颤着手把盒子捡起来。压扁的部分被她慢慢地抚平，眼泪再也忍不住夺眶而出。

她蹲在地上，抱着盒子一颗一颗地把串珠捡起来。

对不起对不起……苏薇心里一直默念着，眼泪砸在瓷砖地面上，洇开一大块温热的水渍。

温暖的成人礼办在南塘古巷一间老式的四合院里，这几天夏煦和苏瑜忙前忙后地布置着，然而当事人还被蒙在鼓里。

余泽和许言之难得地在一家饰品店碰到，于是两人结伴而行。

古巷幽静，处处飘着檀木香。

青石板路从脚底延伸。从泥土里钻出来的野草颜色青绿，叶片柔软，在青石之间安家落户。

· *04*

温暖是在当天才知道还有这个活动的。

夏煦开着车接了余泽和许言之，带着他们三个一起到了古巷。

挂满了彩带的院子喜气洋洋，温暖被带进最里面的房间，气球和泡泡一波波层出不穷。

温暖高兴了没多久，有人推着蛋糕出来。

插着数字“18”的蜡烛燃烧着，明亮的火焰在黑暗中跳动。

温暖借着橘黄色的火光看清了推蛋糕车的人的脸。她“啪”的一声打开灯，突如其来的强烈反应让所有人都是一愣。

“为什么你会在这儿？”温暖盯着苏瑜血色褪尽的脸问。

“暖暖，她是你的妈妈，过来参加生日宴会很正常。”夏煦去拉温暖的手，被她灵活地躲开。

“爸，你忘了她是怎么离开的了吗？”温暖不可置信地盯着夏煦的脸，好像要从他脸上看出点什么。

“我当初抱着她的腿让她别走，可她还是义无反顾地离开了。她现在还来干什么？”温暖眼睛里迸发出阴冷的寒意，看着苏瑜的眼神不带半分感情。

“暖暖，你妈妈离开是有原因的……”夏煦企图解释，可是苏瑜拉了他一把，在关键时刻他把已经涌上喉头的话悉数咽了下去。

温暖不想再听夏煦说给她听的废话，干脆打开门跑了出去。

大概没有哪一次生日过得像今天这次一样糟糕了。

日暮时分，许言之在古巷湖中央一座木质的棕红色的桥上找到了温暖。他手里端着一块蛋糕，因为找她，一路上已经把蛋糕上面的水果掉了个七七八八。

许言之坐在温暖身边，给她唱生日快乐歌："祝你生日快乐，祝你生日快乐……"

温暖头埋在膝盖里闷闷地打断他："别唱了，难听死了。"

许言之轻声笑起来："你饿不饿？蛋糕特别香特别软，甜甜的，比餐厅里做的点心还好吃。"

温暖抬起头来看，许言之把一小块蛋糕递给她："快吃吧。"

温暖低头看了眼裹着奶油的蛋糕，趁许言之没注意，一把将奶油抹到了他脸上。

"略略略，大花猫！"温暖朝许言之做鬼脸。

"好啊你，夏温暖！"许言之把温暖摁在地上，用奶油把她整张脸都给抹满了。

温暖抓着许言之的肩膀，她拿不到盘子里的奶油，干脆从自己脸上蹭下来抹到许言之脸上。

两个人都被奶油糊得只剩下一双黑亮的眼睛，温暖抱着肚子笑得眼泪直往下掉。

桥上满是蛋糕屑，检查的工作人员偶然间路过，痛心疾首地跑过来："你们在这里干什么？"

温暖和许言之对视一眼，默契地撒开腿往前跑。晚风灌进衣服里，鼓鼓囊囊的，像是抱了个大气球。

最后他们离开古巷，已经是晚上七点了。

被苏瑜冲淡的那点喜悦已经补了回来，导致她和他们同坐一辆车，温暖也没有再反对。

温暖听到夏煦在送苏瑜回家时说的话：“阿瑜，这些年你一个人受委屈了。如果不是我犯的错，我们一家也不会……”

“别说了……我没事，只是很想念你们。”

· *05*

长宇中学的五楼又热闹起来。

魏晨轩在讲台上和几个男生兴致高昂地讨论聚会的地点，最后定在了虞唐市。

虞唐市有一家很别致的KTV，修建在千禧湖中央。周围全是碧波荡漾的湖水，只有坐船才能进去。

包间需要提前预订，否则去了也没用。魏晨轩当机立断，电话拨打过去订了十二人的大包。

有一半的人因为要出门旅游并没有参加，为此魏晨轩表示心肝脾肺肾都疼得厉害。

从欧阳那儿领了成绩单，温暖一看，乐了，601分。

温暖看了眼许言之的成绩单，居然比她高不了几分。

温暖登时就膨胀起来：“许言之，你有没有觉得我其实特别厉害？”

许言之憋着笑：“嗯，觉得。”

温暖没发现考试时许言之为了她改了多少道题目，所以才有了现在比她高出一分的成绩。许言之宠溺的笑容里藏着不可忽视的纵容，偏偏温暖天生神经大条发现不了。

“我问过我爸，清溪大学的分数线历年都是 590 分。因为今年考的人多，所以就往上提了 10 分。我们可以一起上大学了！”温暖笑起来，星星都藏在眼睛里。

“嗯。”许言之把报考表给她，用黑色签字笔写下了自己的名字。

是时候该告诉许言之第二个好消息了。

过几天的聚会，许言之一定会更加开心。

温暖看了眼窗外，抱着报考用的参考书哧哧笑起来。

春风已过，盛夏渐临，草木苍翠，花朵飘香。一切坏的事物终将离去，日子会变得更加甜蜜而美好。

温暖接过许言之递过来的笔，笔杆上还留有他手上的温热。在清溪大学一栏后填上自己的名字，她像是完成了一个庄严的仪式那样开心。

我不能和你去同一所大学了，温暖。

你有一直陪伴你的人，有他在时，你的眼睛总会发光。你们之间总是融洽得挤不进第三个人，重点是——你们相互喜欢着。

几天前，我为你做了很重要的一件事——

“你要给她买什么？”余泽在饰品店里问许言之。

“一款蔷薇花的手链。”

好吧，实际上他只是想问：“你会欺负她吗？”

“不会。”

“会不会让她哭呢？”

“不会。”

“会一直喜欢她吗？”

“会。”

“会安慰她，给她想要的吗？”

“会。”

“我记住你说的了。如果你对她有一点点不好，我就会狠狠地揍你一顿然后再乘虚而入。”

“好。”

余泽捏着笔的手顿了一下，在报考表上的第二栏填上自己的名字。

温暖，从此以后，再有什么挫折和困难，余泽都不会陪在你身边了。你会不会也有一点难过?

聚会时间定在6月28号，早上七点的汽车。

温暖从床上爬起来，一脸懵懂地吃着许言之给她带的早餐——一盒皮蛋瘦肉粥，上面还均匀地铺着切得整齐划一的香葱。

温暖一勺一勺地往嘴里塞，和许言之到达约定好的地点，已经有好些人在了。

温暖看了眼时间，眼睛瞪大：“你们也太早了吧？这才六点四十不到！”

“晚到不如早到这个道理你不懂吗？”秦诗怡凑过来，在她耳边暧昧地说，“早餐是许言之买的吧？”

“你怎么知道？”温暖往嘴里塞了一口粥。皮蛋没有单吃的腥味，味道还不错。

“啧，该说你什么好呢？”秦诗怡戳了温暖的额头，颇有些心痛的样子。

“或许你可以说我聪明、可爱、活泼、机灵……”

“滚！”

第十五章

她该怎么告诉许言之，他的妹妹已经找到了……

· *01*

东边的云被染得金灿灿的，一层一层翻滚着。太阳慢慢升起，普照大地的光线追上了行驶的汽车。

覆过车身的光向前方蔓延，越来越多的地方变得清晰。

树丛中的广告牌画面不停地跳跃，某位当红的女明星端着一桶方便面表情很浮夸地吃着。

温暖看了一会儿就没有兴趣了，她收回目光，余光瞥到许言之闭了双眼在休息。

长长的睫毛轻颤，给下眼睑覆上一层浅浅的阴霾。白皙的皮肤好像透着光，脸颊上细小柔软的绒毛在光影里显得非常可爱。

温暖伸手去摸，许言之就醒了。

他眼睛里蒙了一层水汽，有些慵懒的神情看起来格外迷人。

“怎么了？”见温暖愣愣的，许言之问。

温暖心虚地瞄到别处去，眼神躲躲闪闪，像一只做错事的猫咪一样。

车窗上尽管布了一层灰尘，也能看清楚许言之略显冷峻的侧脸。温暖伸出食指，照着窗户上映出的脸庞描线。

眼睛、鼻子、嘴巴，细心地勾画出许言之的侧脸，然后在眼角上点上一颗小巧玲珑的泪痣。

一行人再次踏足虞唐市，已经是上午九点了。

魏晨轩在一家叫作“味道”的餐厅订了餐，这时候刚好有车来接。

觥筹交错间，温暖好像看到一个熟悉的身影从身边经过，只过了一个转角就不见了。

吃完饭，几个人打了三辆车去千禧湖。泛着波光的湖面上有掉落的粉白色荷花花瓣漂着，几经周折来到他们面前。

他们分几批上了船，往湖中央的KTV驶去。温暖随手在水面捞了一片荷花花瓣，那上面还残留着淡淡的清香。

绕过一大片挺立的荷叶，包厢的服务员正等着。

狂热的气氛使得温暖怎么也听不清魏晨轩和服务员说的话，她只看到服务员离开包间，但很快又带着一大份果盘上来。女生负责吃水果，男生负责喝酒，一上来就分工明确。

温暖用牙签扎了西瓜，一边吃一边问许言之：“你会喝酒吗？”

魏晨轩给许言之拿来了一瓶啤酒，狂放地喊：“感情深，一口闷！”

温暖看到许言之表情没变，但是眉毛却微不可见地皱了皱。温暖接过啤酒，白了魏晨轩一眼：“谁和你感情深？”

“行行行，许言之就和你感情深！”魏晨轩感觉自己吃了一把狗粮，肚子突然就有点饱了。

温暖打开啤酒盖，刚想喝一口，酒瓶就被一双纤长好看的手拿走，低低的声音在她耳边响起：“女孩子不要喝酒。”

喧闹的人群似乎注意到了这个暧昧的小插曲，秦诗怡拿着麦点歌的动作突然一顿，她对着麦叫道：“许言之和温暖又要虐狗了！”

温暖什么也没听进去，她盯着许言之不断吞咽的喉咙，眉头拧成一股绳。最后瓶子里只留下了一层啤酒泡，许言之仍旧面色不改。

温暖稍稍放下心，顺手扎了一块火龙果吃下去压压惊。

·*02*

包间里总有那么一两下突如其来的高音霎时冲上云霄，惊飞了屋檐下的鸟雀，惊呆了作为听众的一群人。

温暖感受着摄人心魄的歌声，下咽的水果就卡在了喉咙里。

除了魏晨轩，其他人都不怎么跟许言之说话。尽管坐在一起，也永远像是处在两个不同的世界。

温暖戳许言之的手臂：“唱歌吗？”

许言之摇头，他不太喜欢唱歌。

“那不如……跳舞？”温暖看了眼中央的场地，足够了。

“吃你的。”许言之随手在盘子里扎了块水果堵住温暖喋喋不休的嘴。

梦幻的灯光打在黑暗的房间里，轻柔的伴奏突然带来少许柔情的意味，温暖听秦诗怡唱了 Eason 的歌。

最后秦诗怡唱不上去点开了原唱，属于 Eason 低沉性感的嗓音就回旋在整个包间。

温暖突然就安静下来，她偏着头问许言之：“你喜欢陈奕迅吗？”

可能原唱开得太大，又或者被男生玩骰子的叫喊声盖了过去，许言之没听清温暖的话。温暖凑到他耳边，双手拢成“喇叭”状再问了一次：“你喜欢陈奕迅吗？”

许言之盯着放映的屏幕上，已经有些沧桑的男人声情并茂地演唱着：“得不到的永远在骚动，被偏爱的都有恃无恐……”

“我们去看一次陈奕迅的演唱会好吗？”温暖眼睛弯弯的，有些泛红的两颊上小小的梨窝若隐若现。

“好。”许言之揉了揉她的脑袋，满眼温柔。

温暖吃水果吃得太多，跟许言之说了一声就去了卫生间。她用清水洗了一把脸，然后把水龙头关上。她对着镜子整理好头发和衣服，这才往包间走。

但她有点分不清他们所在的到底是哪个包间了，前后左右的路都是一样的，甚至连包间也只有号码不同。

温暖找了条比较短的路，走着走着就走到了KTV外面。走廊旁边有砖红色的围栏，围栏外面是一片荡漾的湖水。

长颈的鹅从另一端悠然地游过来，鹅黄的嘴伸进水里很快捉住了一条肥美的鲤鱼。

温暖沿着走廊绕到KTV后面，隔绝了内界喧嚣的走廊显得静谧而美好。

后面有一扇门安在围栏上，并没有关好，顺着石板下去可以摘到旁边的盛开的硕大的荷花。

“荷花好看吗？”

清亮的声音追上来，温暖刚好摸到那朵荷花的花瓣。柔柔软软的，花蕊的黄色粉末蹭满了她整个指头。

“苏薇，你怎么在这儿？”温暖站定，她看到苏薇踩着石板走到了自己面前。

“你可以来，我就不可以来了吗？”苏薇身材娇小，整个人显得玲珑可爱，说起话来眼尾上挑，总有一种说不出的好看。

只是经过上一次的事情，温暖对她已经没什么好感了。她手机不合时宜地振动起来，在阴凉的屋檐下让人很快地看清了来电显示。

许言之……

苏薇紧盯着温暖即将滑动接听的手指。

· *03*

脑海里的小恶魔不停地在怂恿她：“快啊，这是一个好机会，至少也要让她知道你的厉害!

“你忘了妈妈的话了吗?你的一切,都依附着她,还愣着干什么?快动手啊!

“只要她跟妈妈和好,你就完蛋了!”

苏薇双手蓦地捏紧,仇恨交织着遍布了她全身上下的每个角落。她伸手,猛地推了温暖一把。

温暖没来得及滑下接听键,整个人就已经不可控制地向后倒去,巨大的水花溅在苏薇的鞋面上,打湿了脚下的石板。

慌乱间温暖呛了好几口湖水,鼻子里酸涩得难受,她扑腾着浮起来又沉下去,荷叶遮挡住了她惊恐的表情。

“救命!救命……”

断断续续的声音不断刺激着苏薇的耳膜,她连忙往后退去,脚后跟抵住石板的间隙整个人摔倒在地上。

“苏薇……救我……我不会……游泳……”

温暖在水里起起伏伏地挣扎,她的耳朵里灌进了大量的水,一下子好像什么也听不清,恐慌席卷了她所有的思绪。

苏薇从地上爬起来,荷叶挡住了温暖的脸,她看到温暖为了挣脱带刺的荷叶梗好像离岸边越来越远了。

“苏薇……救命……”温暖双手双脚都有些沉重,视线模糊得看不清任何东西。

苏薇双腿发软,她眼看着温暖挣扎的幅度小了,声音渐渐弱了下去,有一丝凉气从脚底上升至头皮。

她惊慌失措地在岸边寻找着可以用来救人的东西,她找到一根长长的木棍，把它放进水里：“夏温暖，你抓着棍子，我拉你上来！”

温暖迷迷糊糊间看到胸前有什么东西探了过来，她抓住，感觉到有一股力气带着她往回走。

但是她太累了，可能……抓不住棍子了。

“夏温暖，你还在吗？”苏薇感觉到棍子上的力度消失，表情突然惊恐起来。

“夏温暖？夏温暖你回答我……”

前所未有的恐惧如同涨潮般涌向她，她看到温暖的手快要向下沉去，她立刻脱了鞋子跳进水里：“夏温暖，不要睡！”

“有人落水了！”服务员从后厨端了果盘出来，吓得果盘都掉在了地上，草莓浆溅开一片鲜红。

许言之右眼皮突突地跳着，听到外面急促的脚步声时，心里那根弦噔地断掉。

他拉开门往外跑，已经被捞上来的两个人都已经陷入昏迷。船来得很快，两个人被紧急送往虞唐市中心医院。

苏薇很快就醒了，目光有些涣散地盯着手背上扎着的针管。

“夏温暖怎么样了？”她问。

秦东旭坐在她的床边给她削苹果，一圈儿完整的苹果皮掉进垃圾桶：“还没醒，在挂氧气瓶。你跟我说实话，你是不是知道夏温暖要来虞唐，所以你才跟我说要来这儿玩？”

· *04*

简清雅买了水果进来，不声不响地坐在另一条凳子上。

“谢谢。”许言之没看她，表情依旧严肃。

一个小时前，简清雅路过这间病房，在房门开着的情况下发现了许言之。

她走进去，才知道温暖因为溺水已经昏迷很久了。

病床上的温暖动了动，有要醒过来的征兆，许言之按了呼叫铃。在医生赶过来的时间里，温暖睁了眼。

她有些迷茫地盯着头顶上的天花板，然后一双手轻柔地摘掉了她脸上的氧气罩。

许言之抓着她的手问她：“还好吗？”

温暖喉咙疼得厉害，只好点点头。

“夏温暖，你要吓死我了！”简清雅给她端了热水过来，许言之抱着她喂她喝了下去。

润了润嗓子，温暖才开口，对着红了眼睛的简清雅说：“你这样像一只兔子。”

“你才是兔子……”简清雅象征性地擦了擦眼睛，“你个没良心的，我这么担心你，你竟然还笑话我。”

“你怎么在医院？犯病了？”温暖发觉简清雅脸色不太好，眼底还泛着青色，心脏猛然被揪紧。

“没什么事，医院找到和我匹配的心脏了，所以过来见见那个捐献者。”一个已经救不回来的女人，在弥留之际签署了那份捐献协议书。

许言之拿了手机，在屏幕上摁下三个数字。

“你要干什么？”温暖盯着许言之将要进行下一步动作的手。

“是不是苏薇推你下水的？”许言之看着她的眼睛，“还有上次火灾……都是苏薇对不对？”

温暖安静下来。

她在许言之黑亮的眼睛里看到了自己的影子，有些慌乱的闪躲着的影子。

“你早就知道是她了？”

温暖感觉到自己呼吸开始紊乱，心脏再也找不到节奏地狂跳，手心里都开始渗着小颗的汗珠。

“如果绑架你的不是苏薇和秦东旭其中一个，你怎么会对警察说谎呢？”许言之按下拨号键，在电话快要被接通的那一秒被温暖抢先摁掉。

“不要报警。”温暖不知道该怎么说，但现在实在不是一个好的时机让许言之知道苏薇就是他的妹妹。

“夏温暖，你已经死两次了！”许言之抓着温暖的肩膀，猩红的眼睛瞪着她。

“不，不能报警，理由我会告诉你的。”温暖很坚持，态度坚决得让许言之没有办法。

许言之拉开门走了，留下简清雅震惊地站在原地。她很久才找回自己的声音：“暖暖，清溪市危楼那起火灾，你在里面？”

温暖点头，她盯着空荡荡的过道发呆。

许言之生气了？

她该怎么告诉许言之，他的妹妹已经找到了……

·05

许言之从那天起，就一直没有再理温暖。

反倒是回程的时候，魏晨轩和其他人买了花和水果，一路把温暖护送到家才放心。

除了他们之外，并没有其他人知道这个插曲，温暖一边吃着早餐，一边思考着怎么才能让许言之消气。

泡芙跳进她怀里，亲昵地蹭了蹭她的肚子。温暖嘴边的奥利奥饼干还没来得及放进热牛奶里浸泡，就被泡芙灵活地叼走了。

夏煦在厨房里跟着新买的食谱研究怎么做三文鱼。

播放器里重复着一首慷慨激昂的进行曲，旋律贯彻着整个厨房，连带着临近的客厅也遭了殃。

温暖突然就灵光一闪，在网上查起了陈奕迅的演唱会门票。

最近有一场会在清溪市体育馆举行，体育馆临近锦瑟广场，距离很近。她还有时间吃了晚饭再过去。

温暖用夏煦奖励给她的零花钱买了两张票，兴冲冲地跑出去找许言之。

许言之给她请了几天假，要她完全好了才能去餐厅上班。毕竟许言之在气头上，温暖也没好意思忤逆他。

温暖敲了敲落地窗，企图引起许言之的注意。许言之连一个眼神都懒得给她，直接收拾好盘子就走。

温暖撇了撇嘴从正门进去，许言之把她当成空气从她身边经过。

店长趴在柜台上，冲温暖勾了勾手指："你是不是和言之吵架了？"

温暖想了想那天在医院不太美好的场景，苦着脸点头："算是吧。"

"来，我给你出出主意……"店长搭着温暖的肩膀，以一种过来人的口气开始给她分析，"这个男人呢，最受用的就是女人对他撒娇。不管老男人还是小男人，这招都是百试不爽。"

温暖睨了许言之一眼，开始自我怀疑："能行吗？再说我也不会撒娇啊。"

"试试不就行了？"店长从身后的阶梯柜里拿了一份单子，"你让厨房去做，然后这样……"

店长附在温暖耳边，说了几句悄悄话。接收到温暖一脸被雷劈的表情，她抿着唇笑起来，涂了口红的嘴巴张开，有点像要吃小孩的大灰狼："我可都是这么做的，百试百灵。"

温暖到后厨把单子给了厨师长，最后领回来一份大果盘。放了十足的量，还只能用手端着。

温暖吞了吞口水，从厨师长手里接过，然后酝酿了一会儿情绪才"娇弱"地说："哎呀，好重啊，我都端不动了……"

许言之扫都没扫她一眼，径直端着东西出去了。

温暖跟在他身后，继续"柔弱"地呻吟："要掉了，怎么办怎么办……"

许言之嘴角控制不住地向上扬起，星星点点的笑意漾了出来。他用余光偷偷看着温暖，看到她每说一句话就飞快地扫自己一眼。

平时端着七八个盘子都能健步如飞，今天竟然会端不动一个果盘?

许言之没拆穿，看到温暖泄气地把果盘放到前台上："这招没用啊！"

第十六章

你以为夏温暖是多好的人?

· *01*

温暖趴在冰凉的大理石台上玩手指，店长在一边走来走去:“他怎么就不上套呢?”

门口的打卡机在这时发出“嘟嘟”的响声，许言之换好衣服从房间出来，在指纹打卡机上摁了一下。

他走了几步，又转身回来，在台子上敲了几下:“走了。”说完，没管温暖的表情，继续往外走。

“好嘞!”

似乎能根据这两个字跳跃的语气在脑海里还原出温暖喜笑颜开的样子，许言之眼睛里的笑意越发深了。

温暖追上来，在他右侧倒退着走，以便观察许言之的脸色。她有些小心翼翼，语气里藏着她自己都没有发现的紧张:“你还生我的气吗？”

许言之绷着的脸一下子柔软下来，他伸手盖在温暖头顶上，有微风吹起他前额的碎发，他的声音消散在风里：“我没有生你的气。”我只是，怨恨自己没有保护好你。

“那……”温暖拦住他的去路，“我买了演唱会的门票，我们一起去好不好？”

“好。”许言之笑起来，和她并肩走上那条他们一起走过无数次的小路。

夜晚的城市就像一片星空，万家灯火次第而亮。

温暖踩着脚下的石子路，一蹦一跳地进入自家院子。许言之在她身后挥手：“再见。”

余泽坐在自家门前乘凉，怀里的猫咪听话地蜷着，时不时打个呼噜。他听见自己的声音在黑暗里归于沉寂：“温暖，晚安。”

对面二楼房间的灯关上，陷入一片黑暗。

晚风拂过树叶，奏着有些悲哀的乐曲。

余泽抱着泡芙走进房间，他坐在沙发上，泡芙就坐在他身边，小小软软的。

温暖吃完晚饭，迫不及待地往外跑。

在餐厅把许言之拖出来，两人兴致勃勃地朝市区体育馆走。温暖在门口换了票，拉着许言之进去找座位。

来听演唱会的人很多，离开始还差半个钟头，里里外外就已经挤满了人。

温暖费力地找到座位，坐好时已经出了一身汗。

许言之拿纸巾给她擦，旁边有人不小心碰到了他抬起的手臂，温暖轻声“啊”了一下。

头顶的闪光灯突然熄灭，换成了柔和的彩光。舞台上有人来主场，一出现就掀起一股热潮。

周围的尖叫声、口哨声一波高过一波，随时都在刺激着许言之的耳膜。他看到温暖头上戴着恶魔角，还在闪闪发光。

“这是你的。”温暖把另一个恶魔角的发箍拿过来，不由分说地戴在他头上。

Eason 在一片狂热的喊声中出场，温暖再也按捺不住内心的激动，挥舞着手里的矿泉水瓶大喊：“Eason 加油！Eason 最棒！”

几曲过后，温暖喊得没力气了，但她仍然一眨不眨地盯着台上说话的人。

温暖，你在看陈奕迅，我在看你。

· *02*

“不……夏温暖……你不要死……”

所有的仪器设备全用上了，手术室里医生在全力抢救。“手术中”的红灯突然熄灭，医生走出来朝她遗憾地摇头。

盖着白布的人被推出来，经过苏薇身边，垂下的惨白的手突然拽住她的手臂……

“啊！”苏薇尖叫着，使劲挣脱温暖钳制着她的手，“不是我！别找我，我不是故意的！”

苏薇从床上弹坐起来，卧室的灯光被人从外面打开。苏瑜泡了杯牛奶端进来，坐在她的床边：“又做噩梦了？”

床单被挣扎得皱在一起，被冷汗浸湿的刘海变成一小撮一小撮。苏薇还没回过神来，房间的灯再大再亮，也没法驱散她心里的恐惧。

“妈妈，如果我做了错事，你会原谅我吗？”苏薇抓着苏瑜的手，像是亟须她的回答。

“哪有人会不犯错，你还小，能做出什么不可原谅的事呢？”苏瑜似乎想到了什么，脑海里闪过一片血泊，“妈妈年轻时也犯过错，用了一生也走不出阴影。薇薇，你还小，有些事不该做就不要去做。”

苏薇抱着双腿蜷缩在床内一角。她只要闭上眼睛，脑海里就总会浮现出温暖毫无血色的脸。

温暖叫嚣着冲她走过来，然后一把掐住她的脖子。她没办法呼吸，像一条濒临死亡的鱼。然后警察将她围起来，用手铐带着她进了最阴暗的监狱。

晨间的阳光即将追上她的脚步，在一声鸟叫中覆上了她。苏薇透过玻璃窗，看到温暖端着盘子小心翼翼地穿梭在桌子之间。

路过的男人不小心碰到了她的手臂，她手里的甜品差一点就掉在地上。

对，差一点。

最后被许言之接住了。

许言之宠溺地揉乱温暖绑好的头发，端着温暖手里的东西离开。他眼睛里满是温柔的笑意，不像看她时冷漠得带着冰碴子。

苏薇鼻子有些酸涩，准备好要说的话被强行吞咽下去。

不，不能道歉，不能认输！

苏薇转身跑回家，在一堆被废弃了很久的书本里，找出了边角有些脏兮兮的纸张。她用胶带把被撕成两半的纸张粘好。

妈妈是她的，许言之也是她的！谁都不能抢走！谁也别想抢走！

她好不容易从年少时经历的痛苦中走出来，很快她就会拥有她应得的一切。

苏薇把东西装好，门外秦东旭在叫她，她把东西放进抽屉，用书本压着，这样谁也不会知道她有一个不为人知的秘密。

·*03*

八月的天气使人烦闷，即使处于黄昏，周身的燥热也不会消退丝毫。

温暖舔着冰激凌的奶油尖儿，阳光没一会儿就把它融化了，黏糊糊的奶油流到手指上，将两根手指粘在了一起。

许言之拧开水瓶盖倒水给温暖清洗，专注而认真地用纸巾擦拭着。

“明天有空吗？”许言之把用过的纸巾丢进身边的垃圾桶。

有些话，是该说了。

“有，怎么了？”温暖抬起头，那双隐藏着星辰大海的眸子近在咫尺。

“西街花园的花儿开得很漂亮，我们去看看。”

离落水那件事已经过去了半个月，温暖估摸着许言之应该也消气了。大概，明天也是一个可以告诉他好消息的日子。

温暖回到家，抱着被子在床上滚来滚去。许言之知道他妹妹还活着，并且就在他身边，会是什么表情呢？

一定很高兴。

温暖设想了无数种可能，但是每一种她都觉得少了点什么。今晚注定无眠，她拉开窗帘，看到布满了星辰的夜空。

不厌其烦的蝉鸣听起来也觉得美好，虽然花圃的蔷薇已经凋谢，可这并不能影响她的好心情。

温暖觉得需要有人和她分享喜悦，她瞥到对面暗着的房间。最近总是早出晚归，有很久没有见到余泽了。

温暖用手当作喇叭，站在阳台上冲着余泽的房间喊：“余泽！快起来，月亮晒屁股啦！”

喊了好久，温暖嗓子都喊哑了。余泽穿着睡衣骂骂咧咧地出现在了阳台上：“夏温暖你个神经病，大半夜的你要干什么？！”

温暖没回他，直接从阳台上跳下去。吓得余泽骂都不敢骂她，慌里慌张地往下跑：“夏温暖，你注意点，你别跳楼……”

余泽打开门，把温暖迎进来。他还心有余悸地看了一眼对面楼的高度：“祖宗，你别吓我。”

“我明天打算把苏薇是许言之妹妹的事情告诉许言之，你说许言之会是什么表情？”温暖坐在沙发上，熟门熟路地摸到余泽家的冰箱，从里头拿出一袋薯片。

余泽已经清醒了大半，恨不得直接去厨房拿把刀架在温暖的脖子上。

“就为了这件事你从楼上跳下来？”余泽点着温暖的脑门气急败坏，“夏温暖你是不是脑子有坑啊？！”

温暖吐吐舌头，从沙发的夹缝里摸出一台PSP：“来一局？”

余泽简直不想理温暖这个神经病，他眨着眼睛往楼上走：“怎么不厉害死你！”

·04

西街花园就位于长宇中学附近，穿过一条大马路，果然就有一簇一簇的红花绿叶挤在一起。

温暖在花丛旁边的木椅上坐下，她比约定的时间早到了二十分钟。

长宇中学离她家近，连带着西街花园离她家也很近。只是许言之住的地方离这里比较远，平时有空也窝在餐厅，他是怎么知道这里花儿都开了的？

温暖坐了一会儿，就拿出耳机听歌，这样时间总要过得快一些的。周杰伦的那曲《七里香》循环着，耳朵里全是它好听的旋律。

许言之在花店里买了一枝开得最好的粉色蔷薇，用包装纸包起来，在盛开的花瓣上洒了水，就更加娇艳欲滴了。

他拿着花，经过那条车流庞大的马路，一眼就发现温暖的位置，她正背对着他。

他朝她走过去，在距离不到十步的地方，放在口袋里的手机突然振动起来。

许言之垂手去拿，在短短的几秒里，脸色突然变得凝重。

对方只给了他十分钟时间赶到长宇中学操场，当年的事情一幕幕在眼前浮现，他甚至来不及过多思考。

他复杂地盯着温暖的后脑勺，然后掉头往长宇中学跑去。

赶在第十分钟到达，操场上果然有个人在等他。放假后的学校异常安静，只有热风包裹着流满浃背的汗水。

“苏薇？”

许言之走过来，阴影投在苏薇的脚下。

“你知道什么？”许言之对苏薇印象极差，如果不是因为电话里她提到了幼时的那一起车祸，许言之真想转身就走。

“你知道的我都知道。十三年前的车祸、爸爸妈妈的死亡……我知道的不比你少。”

许言之垂在两侧的手指一根根收紧，他声音暗哑：“你是谁？”

“许言晴。”苏薇把折叠着的纸张打开，递给他，“你的妹妹，许言晴。”

许言之接过，在仔细地看完整份亲子鉴定后，手臂有些脱力，纸张就顺着他的手滑落下去，摊开在茵绿色的草皮上。

“信了吗？”苏薇把纸捡起来，拍掉上面沾染的灰尘。

夏温暖，我就让你输得彻彻底底。

“你是O型血，丹凤眼，你吃杧果过敏，刚好我也是。那次血检我就有些怀疑，然后弄到了你的头发送去做了鉴定。”苏薇说话时，桀骜漂亮的丹凤眼眼尾上挑。

她只是把夏温暖跟她说的话，原封不动、一字不落地说给了许言之听，以增加一点好笑的可信度。

“但是这跟你说的温暖有什么关系？”

· *05*

你以为夏温暖是多好的人？

除了我，还有一个人也知道这件事，就是夏温暖。

她没跟你说吗？原来，你在她心中也不是那么重要嘛？你对她那么好，她呢？一直瞒着你这件事……

离约定时间已经过去了半小时，灼人的太阳正当头，似乎非要晒得人要脱掉一层皮才甘心。

温暖从已经灼热的椅子上站起来，不免有些腹诽：“人不来就算了，连电话都不打一个。”

她往回走，在被烤得发烫的地面看到一枝残败的蔷薇花。粉蔷薇蔫蔫的，被人踩了好几脚，鞋底上的棕色纹路在柔软的花瓣上清晰可见。

温暖捡起来，用喝得只剩一小半的水浇灌它。

回家的路上她给许言之打电话，没有被接通。一遍可能是失手，三四遍那就是成心。温暖心里有点堵：“明明就是他说要看花，不来还挂我电话！”

这下你用什么都哄不了我了！

温暖咬着牙往餐厅走，店长看到她似乎很惊讶：“你和言之又吵架了？刚才言之过来说要请假，脸色阴得都能滴水了。”

温暖只觉得莫名其妙，被放鸽子的是她才对。她都没阴着脸说要请假，许言之竟然还先她一步了。

正午的广场上人不多，花丛因为缺水而无精打采地耷拉着。温暖路过小型公园，被突然喷出来的水淋了个透心凉。

“抱歉啊小姑娘，我以为没人。”穿着透明雨衣的大叔修理着藏在花叶间的小水管，朝她露出一个歉意的微笑。

温暖走着走着，身上的湿衣服就被太阳烤干。等回到家，就像是没有刚才那回事，连水渍都被烤没了。

余泽捧着他的笔记本电脑在院子里打游戏，探了个脑袋出来问她：“今天回来得这么早啊？”

温暖打了个转，走进余泽家院子里：“你说，男生无缘无故地生气，是因为什么？”

余泽头也没抬地问：“许言之生气了？”

“你怎么知道？”温暖惊讶地看着余泽。

余泽放下电脑，给了她一个莫大的白眼：“你都写在脸上了。”

温暖真的摸了摸脸，然后很认真地问：“真的假的？”

余泽恨不得敲开温暖的脑袋看看她脑子里装的都是什么，

棉花吗?

余泽给她出谋划策，但是最后都被她一口否定，理由就是：“他放我鸽子还挂我电话，凭什么我要主动去找他？”

余泽在温暖走后，关掉了游戏界面。他用手捂着脸，躺倒在摇椅上，脑袋有一瞬间的放空，那之后再次乱成了一团糨糊。

没有人会比他更心塞了。

第十七章

差一点，他就相信了苏薇。

· *01*

床头柜上的手机“嗡嗡”地响个没完，因为振动的缘故从光滑的柜面上直接摔到了地面。

温暖长臂一伸，把手机从地上捞起来。

按了接听键放在枕边，里面有声音传出来，温暖的瞌睡虫一下就跑得无影无踪：“温暖，我在你家楼下。”

终于知道来道歉了！

温暖丢开手机，裹着被子在床上翻了几滚。眉梢眼角都染上的喜意被强行压下去，不行不行，夏温暖，瞧你这点出息！你忘了他昨天做的事了吗？

算了，忘了！

温暖拿了套衣服穿上，又跑到卫生间刷牙。因为太激动，牙膏直接挤在了手指上，用清水抹了把脸，赶紧往楼下跑。

夏煦一大早就出门了，早餐放在桌子上。温暖端起牛奶喝了一口，然后跑到花圃里。

许言之眼底乌青，整个人看起来有些疲惫。

“你怎么了？”温暖意识到应该是发生了什么事情，她心里那点对许言之的不满一下子消失得了无踪迹。

许言之只是看着她，眸中划过复杂之色。良久，他的嘴唇动了动，有些低沉的声音就慢慢地飘了过来。

他说：“苏薇是我妹妹的事情你知不知道？”

温暖的脑袋里突然响起“轰”的一声，脸上的焦急之色也一点一点凝固起来。她好久没回过神，许言之也没有催。

“我知道。”温暖听到自己显得有些缥缈无力的声音响起。

“那你为什么不告诉我？”许言之脸色复杂，他只是想知道为什么温暖要瞒着他。

温暖站在原地，有点委屈地看着他：“我昨天本来想告诉你的，可是你没来。”

许言之感觉到自己的心变得柔软起来，随着温暖说话的声音越发潮湿：“我是血检之后知道的。当时想告诉你，然后就遇上了那次火灾，后来又是高考。唱 KTV 那次我想告诉你，然后就落水了。我也不知道为什么每次想跟你说都会出现各种意外，我也没想瞒着你。”

“所以……”许言之的嗓子干涩得厉害，“你才拉着我不让我报警，因为她是我的妹妹，这就是你说的要告诉我的理由。”

不是疑问句，许言之用的是肯定句。

温暖点点头，有些泛红的眼眶里有眼泪在打转。她本来不想哭的，可是因为对方是许言之，她的眼泪就轻易地掉了下来。

“对不起。”许言之揉她的脑袋，手法没有以前那么轻柔，反而带着一点泄愤的味道，“还好我来找你了，还好我听到你的解释了。”

差一点……

差一点，他就相信了苏薇。

· *02*

余泽站在阳台上看了一会儿，转身往里走。

窗台上挂着的晴天娃娃在偶尔吹来的风里摇晃了几下，陶瓷和银铃的撞击发出清脆悦耳的丁零。

没意思，越来越没意思了。

躺进柔软的沙发，拿抱枕遮住脸，他的肩膀颤动了几下，又归于平静，好像一切都没有发生过。

余泽拿手机订了去三亚的机票，然后起身去卧室收拾东西。

他要给自己的心放一个假，它太累了。

不想充当温暖用来答疑解惑的机器。其实确切地说，只是不想成为温暖为了许言之而答疑解惑的机器。

况且，他糜烂了这么久，是时候要做点什么了。好吧，这应该只是一个他想要说服自己用来逃离的借口。

那么，他说服自己了。

“余泽，你在吗？”温暖从门口进来，客厅没有人。她喘着气爬上二楼，在窗帘没拉开的阴暗空间里找到了一个小的行李箱。

余泽从外面阳台收了衣服进来，看到她时还下意识地看了眼楼下，许言之走了。

“你要干什么去？”温暖指了指那个新拖出来的行李箱有点不解。

“去旅游。”余泽把衣服丢到床上，开始一件一件地叠好。

“行啊余泽，你这是打算来一次说走就走的旅行啊！”温暖拍他肩膀，深沉道，“余泽，你尽管去，我和泡芙都会想你的！”

时至今日，你都不肯相信我其实喜欢你吗？

那次的表白，真的不是一场闹剧。

你甚至看不出来我离开是因为不想看到你和许言之越来越融洽的相处，单纯地以为这真的只是一场旅行。

温暖，余泽是真的喜欢你的。

“行，多想想，毕竟以后……”余泽刚想说什么，突然顿住，把余下的部分吞进喉咙里。

“以后怎么了？”温暖歪着脑袋对上他的眼睛。

以后我们就不在一起了，兴许半年、一年都见不到面。

余泽笑了笑，他的头发又长了起来，看不到当初那个板寸头的影子。柔软细碎的短发遮挡住了额头，在眼睑投下一块不大不小的阴影。

“以后你会更想我。”余泽把笔记本电脑关起来，放在整齐叠着的衣服上。

“啧，别煽情了。”温暖装模作样地抖了一下，她双手抱着自己的胳膊，“鸡皮疙瘩都起来了。”

煽情吗？那就煽情这么一次吧。

余泽把行李箱打开，将整理出来的东西放进去，再把拉链拉上。一连串的动作行云流水，不见一丝卡顿。

·*03*

隔天温暖去送余泽，在人来人往的机场挥手。她目送余泽过了安检，然后融进人群。

她坐在的士上，在飞机轰鸣的声响中看到那一列航班起飞。

白色的机身从眼前滑过，最后升至了半空，再升至高空，最后变成蓝天白云间一个小小的点。

温暖转头朝司机点点头：“对，去锦瑟广场。”

意想不到的，在锦瑟广场还看到了个人——苏薇。

苏薇看样子是在等人，等谁呢？许言之从“Sweet”餐厅出来，径直朝她走了过去。

她都快忘了，现在的苏薇已经是许言之的妹妹许言晴了。她看到许言之和苏薇两人穿过小型游乐场，背影在视线中消失。

有点难过，还有种自家的白菜被别人拱了的感觉。虽然许言之也不是她家的，但好歹同桌这么久，感情还是很深厚的。

温暖垂着脑袋在烈日下行走，有一片阴影笼罩了她。

店长撑着伞，漂亮的眼睛对着她眨了眨："那个女孩是谁？她今天在外面等了言之一上午，言之跟我请了假出去的。"

"你实话跟我说，这几天你们闹矛盾是不是因为她？"店长揽着温暖的肩膀，做了桃红色美甲的手指扣着她的手臂。

温暖叹了口气："算是因为她吧。"还因为我自己。

"那姑娘喜欢言之吧？我可是过来人，一眼就看出来了。"店长带着她往外走，在离许言之和苏薇几十米远的地方停住。

"但是我们是在跟踪吗？"温暖这才反应过来，她发现她们走的路和刚才许言之走的路一样。

"你才发现吗？"店长把伞举高了一些，好清晰地看清楚许言之和苏薇的动作，"言之这小子我知道，不会干什么出格的事。但是那姑娘，我就说不准了。"

温暖一头黑线地盯着店长认真的侧脸："你对'店长夫人'也是这样吗？"

"不不不，他可没那个胆子去找别的女人，要跪榴梿的。"

温暖刚想说榴梿是软的，店长又补了一句："榴梿壳。"

那真是挺惨的了，温暖默默地想。

"温暖，你有没有发现，那个女孩和言之长得有点像？"店长越看越觉得哪里不对劲，但是又说不出所以然。

"你是说丹凤眼、小泪痣，还有浅浅的小酒窝？"温暖掰了掰手指头，其实她早就发现了。

店长的表情变得不可置信外加匪夷所思起来："言之的私

生女竟然都这么大了？”

温暖翻了个白眼：“那是他妹妹。”

· *04*

八月中旬要有什么可以形容的话，那就是一个字：热。热得发晕，热得全身无力，甚至不想走出这片绿荫半步。

温暖后背倚在粗壮的树干上，汗如雨下。不仅胸闷气短，而且还有点耳鸣。

许言之过来扶她：“不行，你中暑了。”

为了快点赶到可以吹空调的阴凉地方，许言之干脆打横抱起温暖就跑。温暖平时虽然吃得多，但体重也没增长，抱起来轻轻松松就赶到了银行。

银行全天候开着空调，冷空气一阵一阵地输送过来，温暖缓了缓才开口：“人真的好脆弱啊，晒一会儿还能中暑。”

许言之从外边买了冰水走进来，面无表情地打击她：“是你太脆弱。”

不脆弱还生出优越感来了？

哼，掀桌。

温暖灌了一口冰水，有几滴冰水滑进她的衣领，冻得她一哆嗦。

“你慢点儿，没人跟你抢。”许言之笑着去擦她的嘴角，像是在触碰一件极珍贵的物什一样轻柔、小心翼翼。

许言之把温暖送到家里，在门口挥挥手。

明天见，温暖。

许言之一转头，看到苏薇悄无声息地站在自己的身后。昏黄的太阳余光照耀着他脸的那一瞬间，似乎将他脸上悲哀的表情敛去。

他可能，做不成一个好哥哥了。

温暖在阳台上看到许言之和苏薇的背影一同隐入逐渐变成灰色的夜里，她捧着的凉茶正在散发着微弱的冷空气，凝聚而成的水珠落在光滑的地面上，显得有些安静的夜里响起清脆的“啪嗒”声。

温暖吸了口气，在心里默念：“那是他妹妹，那是他妹妹……”

楼下飘出红烧排骨的香味，不一会儿传来夏煦的喊声：“暖暖，吃饭了！”

温暖看得出神，后知后觉才应了一声：“来了。”

· *05*

到了下班的点，温暖把工作服换了下来，从更衣室出来就接收到店长传递过来的一个隐晦的眼神。

她整理工作服的动作一滞。玻璃门外的两个人不知道在说些什么，总之苏薇眼角眉梢都带着笑。她朝这边看了一眼，对温暖露出一个似炫耀似嘲笑的表情。

温暖顺手把工作服放进储物柜，因为她的储物柜太高，最后还是许言之给她打开的。

“温暖，我今天不能送你了，你可以自己回家吗？”许言之低着头看她，眼睛里仿佛有一抹浓墨晕开，深不见底。

这是温暖第一次看到许言之露出这样的神情。

他的脸色不悲不喜，让人看不出到底是开心还是难过。温暖压下心头的异样，笑着朝他点头：“我没事的啊，反正我家……也不远。”

远，挺远的。

温暖感觉自己的喉咙里像是卡了鱼刺一样，难受得厉害。她有好多好多话想说，最后只能违心地说出一句。

大概是她和许言之相处得久了，所以现在越来越依赖他。

“那就好。”许言之照例摸了摸她的脑袋。

还是同样的动作，还是同样的柔软语气，温暖就是觉得，许言之今天摸她头的感觉像是要把她送人一样。

许言之很快就走了，和苏薇一起。

温暖走下台阶，像往常一样去小卖部里买了一瓶水。她那只手拿着冰水的手，被冻得手指青紫也不自知。

好像一下子，就被抛弃了。

晚上来广场唱歌的街头艺人悲情地弹着那把老旧的吉他，低沉忧伤的歌声跨越过围观的人群飘在空中。

他唱着：“你眼中有春与秋，胜过我见过爱过的一切山川与河流。”

虽然歌词内容和她扯不上关系，但是那个悲伤的调子却一下击中了她内心最深处。

温暖坐在一旁，等街头艺人身边围观的人群都散去，她才缓步上前，将买冰水剩下的那两块零钱放进认真唱歌的男人面前的吉他包里。

那里面很零星地散着几块钱，显然那群人只是围过来看个热闹而已。

弹吉他的男人停下拨弦的动作对她说：“你想听什么歌，我唱给你听。”

“我大概需要听一首《天上掉下个林妹妹》。”

尽管掉下来的妹妹她不姓林，姓苏。

第十八章

她就像是被人遗忘了一样。

· *01*

许言之在小吃店里结了账，顺手从冰柜里拿了两瓶矿泉水，刚要付钱，苏薇的声音就穿过好几张空荡的桌子传过来。

“我要喝椰汁。”

许言之顿了顿，将矿泉水换成了海南椰汁。

温暖是喜欢喝水不喜欢喝饮料的，但现在他身边的人是苏薇，他的妹妹。

“可以回家了吗？”许言之重新坐下来，将椰汁放在苏薇手边。他拧开矿泉水的瓶盖喝了一口，刺骨的凉意直达心底。

“能帮我拧下瓶盖吗？”苏薇把椰汁递过来，眨着眼睛问他。

许言之接过，把瓶盖打开再回递给她。

苏薇满足地喝了一口，淡淡的椰子香味在口腔晕开。她站起来，把擦过嘴的纸巾揉成一团丢进垃圾桶里。

“我想去你住的地方看看。”苏薇跟在许言之身后。

从小吃店里出来，皎洁的月亮已经升起。

依旧人潮汹涌的广场上小吃摊都已经摆了出来，炭火烧着肉类的香味弥散在混着汗味的晚风里。

“已经很晚了，你该回家了。”许言之看着苏薇有些变了颜色的脸道。

“那你送我回家。”苏薇退了一步妥协道。她有些享受许言之在她身边的感觉。尽管不是因为爱情，但那又有什么关系?

“晚上这么乱，你放心让我一个人回去吗？”苏薇盯着许言之依旧冷漠的脸，“我们各退一步，我不去你家，但你要送我回家。”

“送妹妹回家，你还要考虑这么久吗？”苏薇转了个身，往马路边走去。她斜着身体往后迅速地瞄了一眼，嘴角忍不住向上翘起。

许言之把她送到楼下，又沉默着离开。

“喂！哥哥，你答应了的，明天要和我去游乐园的，希望你不要忘了！”

苏薇倚着电梯，那一瞬电梯门打开。秦东旭从里面走出来，脸色辨不出喜怒。

“你去哪儿了？”

苏薇跨进电梯，门将要关上的时候被秦东旭从外掰开。他看起来像是在生气：“你知不知道现在几点？这么晚了你一个人在外面很危险！”

“秦东旭你是不是有病啊？我说了不要管我！我的事情跟你有什么关系，再说了我又不是一个人在外面。”苏薇摁了电梯第 7 层，上升的电梯让她脑袋一阵眩晕。

“还有谁？”秦东旭哑着嗓子问，他今天因为找苏薇已经很累了。

“许言之。”苏薇扬扬眉头，喜悦攀升至她的整张脸。

“你还要执迷不悟到什么时候？许言之喜欢的是夏温暖，你不知道吗？你们不会有结果的！”秦东旭还想说什么，电梯门“叮”的一声打开，停在 7 楼的 701 的对面。

苏瑜打开门在等，看到他们俩时终于松了口气：“回来了，快来吃饭，麻烦东旭了。”

· 02

秦东旭没有留下来，看着苏薇进了门就按了电梯下去，他转身离开时连“再见”都没来得及说。

苏瑜盯着合拢的电梯门看了好一会儿：“东旭怎么了？”

“我可不知道。”苏薇伸了伸手臂，她看着那瓶椰汁突然笑起来。

“什么事这么高兴？”苏瑜盛了饭过来，笑着问她。

苏薇把瓶子放下，她眼睛里闪烁着光辉：“妈妈，我明天想去游乐园玩。”

“好。”

这天早上，温暖突然心血来潮从余泽家的院子里推了那辆黑色的自行车出来，她好久没骑车了，刚坐上还有点控制不住车头。

夏煦站在自家院子门口笑她：“还是等小泽回来让他每天送你吧。”

“爸，相信我。”温暖试了几次，终于找到了感觉，骑得稳稳当当的。她一边朝着小路的尽头骑去，一边空出一只手来挥了挥，“爸，下午见。”

行吧，下午见。

夏煦目送温暖离开，又转身回屋。暑假他空了下来，每天也只是用研究食谱改善伙食来消遣时间。

温暖穿过小公园、穿过一条马路，一路顺畅地到了“Sweet”餐厅的门口，她把车停稳锁好，推开门打了卡。

她在餐厅里环视了一圈，店长正好从更衣室里出来。

“许言之还没来？”

“言之啊……”店长摸着下巴想了想，“他昨晚给我打电话说有事来不了。怎么，他没跟你说？”

温暖茫然地摇头，那种被抛弃的感觉又涌了上来。

这个重妹轻友的家伙！

“我总觉得他那个妹妹不正常啊……”店长走进前台，随手拿了块抹布在大理石台面上擦拭几下。

“他妹妹喜欢他。”温暖丢下一句话径直走进更衣室，剩下店长在风中凌乱。

她刚刚说什么？许言之的妹妹，喜欢许言之？

现在的90后都已经这么嚣张了？

店长艰难地消化了这句话，不免感叹一句：果然是老了啊！

温暖这一天有些心不在焉，点单竟然写错字，上菜竟然上错桌，幸好老顾客对这些没有追究。

或许，许言之给她打了电话？

温暖赶紧摸出手机，滑亮屏幕。她调的静音，如果许言之打电话的话，她是不知道的。但是，并没有。

或许，许言之给她发了信息？

温暖登上ins，但是并没有。

她就像是被人遗忘了一样，没有收到关于许言之的半点信息。心底不知怎么，涌起些许酸涩。

但是她和许言之说得明白一点也就是同桌加朋友的关系，没理由去管许言之的私事，更没有资格要求许言之去哪里必须跟她报备。

他要做什么，确实没必要告诉她啊。

温暖说不清楚自己心里究竟是什么感觉。

总之，挺难过的。

· *03*

夏煦在温暖下班的时候给她来了一通电话，大意是家里没菜了，让她去附近的菜市场顺便带一些菜回来。

温暖骑着自行车横过马路，在已经静下来的菜市场里挑选着需要的东西。

萎靡的小白菜、残败的蘑菇，还有摊子上剩下的最后几根长相奇特的淮山。豆芽菜上喷了水，拈起来湿答答的。小贩给她分装了几个袋子，挂在自行车的车把手上。

酷炫有格调的山地自行车挂了几个红蓝色的塑料袋，一下子就变得滑稽起来。余泽看了估计想打人。

但是温暖现在没心思管自行车滑不滑稽，也没心思管余泽会不会打她，因为她看到菜市场的灯光亮着，照亮了最右侧的两个身影。

温暖推着车的动作顿时就僵硬起来，目光所及之处是许言之和苏薇在挑拣几个茄子，苏薇拿了挑好的茄子往许言之手中的袋子里放。

她时不时偏着头问许言之几句，许言之只是点头，然后在小摊老板那儿结账，最后再换一个地方买其他的食材。

温暖看到许言之似乎要往这边看过来，连忙转个身推着车子走开。

反正，许言之也没看过她骑车。这个时候，他大概以为她早就到家了。

温暖有点想哭，但是她好像又没有什么理由哭，所以生生地把眼眶里的湿润给憋了回去。

“你在看什么？”苏薇手里捏着几个柿饼，把许言之的视线拉了回来。

刚刚那个背影，是温暖吧?

许言之把东西一并装好，放在苏薇面前：“你自己回去，我还有事。”

“许言之！”苏薇盯着许言之跑开的背影不甘心地喊，“你还能有什么事？”

无非，就是因为夏温暖。

温暖骑着车，和一群人在等红灯。红色的小人一走，人群也跟着流动。

温暖踩着踏板，很快过了马路。只是买的菜一直在车头两边晃悠，一时间让她有点稳不住车身。

车鸣声尖锐地响着，似乎有一道声音破风而来：“温暖！”

温暖心里猛地一颤，她没敢回头，手指紧紧地攥住把手，直到泛白又慢慢回血变红。她踩着踏板的脚猛地用力，双脚蹬得更快了一些。

听不见，听不见，我听不见!

温暖骑车的速度快起来，几秒钟就转了个弯不见了。

许言之跑过马路，在温暖离开的那条路上狂奔。

温暖绕过小公园，前面有一个大坡。她握着手刹冲了下去，用了前所未有的勇气。

下坡的时候温暖的双脚突然没有踩住，脚踏狠命地旋转，让她怎么也找不到地方下脚。温暖一慌，电光石火之间就摔进了路边还在扩建公园的泥水坑。

突然，眼泪就忍不住了。

·*04*

就矫情这么一次吧，温暖躺在泥水里想。

她好像从来没有得到过许言之一秒，现在却感觉像是失去了整个世界。

自行车压在她身上，整个没进了水里。凉爽的感觉从脚底升腾至头皮，无端地让她在这盛夏的夜里打了个寒噤。

她买的菜都脱离了塑料袋的控制，浮在了水面上。夜里光线太暗，路灯隔得太远，看过来就是深沉的一片。

谁也不知道这里刚刚发生了一起“车祸”，谁也不知道水坑里还有一个人和一辆车。

许言之从坡上跑下来，洒了一地的豆芽菜带着一路的水迹，在这个地方突然断了踪迹，这让许言之有些慌乱。

他在马路上喊：“温暖，温暖你在不在？”

路过的三两个行人对他投去异样的目光，然后步履依旧匆匆。

温暖伸手捂住嘴，靠着泥泞的水坑壁隐忍地哭起来。

许言之，你走吧，我不能再依赖你了，这样真的会变成一种致命的习惯。

许言之在原地转了几圈，喊声没停，惊飞了树上几只休憩的鸟雀。

温暖在水里一动也不敢动，她只是拼命捂住嘴，好让哭声消失得更彻底一些。

头发上的泥水顺着发尖一串串地流在脸庞上，她自己都分不清哪些是水，哪些是眼泪，通通落下来，最后掉进水面。

温暖裤兜里的手机振动起来，贴着湿掉的大腿，有种麻麻的感觉。她挣扎着去摸，在被自行车压着的腿上把沾着水珠的手机握在手里。她没有立马接起来，因为许言之还在上面。

大概是没有找到她，许言之顺着路往前走，背影隐入黑暗，连一个点都没有了。

温暖打开手机接起来，声音里还带着浓浓的哭腔：“喂……”

余泽几乎是狂奔过来的。因为温暖觉得，从挂电话到余泽来，整个过程不到五分钟。

“温暖？你在哪儿？你应我一声！”余泽在附近喊。

温暖动了动已经麻木的双腿，好不容易从喉咙里挤了几个字出来：“余泽，我在这儿，一个水坑里……”

她已经没什么力气了，整个人好像被冷水泡发了一样。

余泽很快就发现了她，等把人和车都拉上去，后背也已经渗出了密集的汗珠。

“夏温暖，你就不能好好照顾自己吗？这要我怎么放心得下？”余泽一边吼她，一边脱掉自己用来挡蚊虫叮咬的外套给她披上。

“能站稳吗？”他语气又软了起来，去拨开温暖已经乱糟糟垂下来的头发。

“嗯。”温暖红着眼睛吸了吸鼻子小声回答他。

余泽一下就气不起来，他扶起滴着水的自行车，把被浸泡过的食材丢掉，自己骑了上去：“好好坐着，把衣服裹紧。”

温暖依言照做，抓着他的衣服狠狠地吸了口气：“余泽，对不起啊。”

· *05*

冷风灌进温暖的衣服里，湿衣服贴在身上似乎有点发热。温暖抱着手臂抖了一下，余泽把车停下：“是不是很冷？”

温暖如实回答他：“嗯。”

余泽把自己身上的短袖脱下来，直接套在温暖身上，自己光着上身骑车：“再冷就抱紧我。”

余泽骑了一段就对她说：“快到了，你再撑一下。”

“你怎么还把我当小孩呢……阿嚏……”温暖冷不防打了个喷嚏，她现在有种不太好的预感。

“你怎么回来了？”

温暖抱着余泽的腰，脑袋有点昏昏沉沉的。

“三亚不好玩，就提前回来了。谁知道刚进家门夏叔叔就说打你电话没人接，没想到接了我的。”余泽把车停下，领着温暖进了屋，“快去洗个热水澡，别感冒了。”

夏煦从里屋走出来被温暖浑身滴着泥水的样子吓了一跳，他手里刚削了皮的苹果直接砸在了地上。

温暖有点头大：“我先去洗澡，一会儿再跟你们解释。”

余泽也回了对面洗澡换衣服，天知道他听到温暖的哭腔有多紧张。幸好他今天回来了，还好他今天回来了。

温暖简短地解释了一下，因为车头上挂了食材下坡时控制不住所以摔进水坑的经历，换来了自家老爸无情的“哈哈”后，爬到楼上去睡觉了。

她脑袋一直有点晕乎乎的，不太舒服地躺下去，没多久就睡得迷迷糊糊。

好像有人给她打电话，手机的振动一直没停，但头昏脑涨外加手臂沉重，残存的意识也被盖了过去。

连空调都没开的房间里气温很高，温暖却被冻得直发抖。她裹紧了被子，把自己蜷缩在一角。冷汗蹭湿了枕头，被吹干的头发又重新湿润起来。

“冷，好冷……”温暖在睡梦中无意识地呻吟，窗口吹进来的风让她开始瑟瑟发抖。

耳边有人在叫她：“暖暖，醒一醒……”

夏煦连夜把温暖送到了人民医院，和余泽在病房里守着。深夜两三点，医院里空荡得可怕。

不太好闻的消毒水味道钻进鼻腔，却莫名地让人安心。温暖手背上扎着针，从头顶上挂着的水瓶里滴下来的药水顺着塑料针管滑下来，一滴滴流进她的血管里。她的手背血管不好找，连着被实习护士扎了好几下，有点肿大，针孔显得异常明显。

温暖还没醒，依旧睡着，只是没有再哼哼唧唧地喊冷了。

夏煦坐在病床边，眼睛都红了。

第十九章

夏温暖，你毁掉了我的一切，
我也要毁掉你的一切！

· 01

东方露出鱼肚白，清浅的光线透进玻璃窗，打在橱柜里摆放好的甜品上，显得色泽明亮，格外诱人。

许言之从橱柜里端出来一块，放在前台上。他等了一会儿，随意看了眼打卡机上的时间，已经超出上班时间三分钟了。

昨晚打电话给温暖，她就没有接。当然很有可能是睡着了没听见，毕竟温暖的手机总是处于静音或振动状态。

他再拨了一个过去，响铃 45 秒仍旧未被接通。

他心里陡然一跳，昨晚……

店长打着哈欠从里面出来，揉了揉眼睛看他："言之你来了啊，昨天干吗去了？温暖一天都没打起精神来。"

许言之脑海里掠过他和苏薇在游乐场的画面，就那么一秒，画面被切断，浮现出一个推着自行车的背影。

温暖大概是看到了他和苏薇在买菜，所以他追出来喊她，她没有应反而骑车的速度越来越快。

许言之推门跑出去，很快就站在了温暖家楼下。她家花圃外的铁门锁着，大概没人在家。在篱笆上散步的泡芙倒是软绵绵地“喵呜”一声，落进了他的怀里。

许言之心跳有些快，胸腔里“咚咚咚”直响的心脏快要跳出来。这一瞬间，他脑海里设想过无数种场面——

温暖搬家了？温暖出事了？或者温暖不想见他？

每一种，都是他不希望的。

他只是答应了苏薇，这几天要陪她，也尽一个哥哥对妹妹的责任。因为他的不相信，苏薇甚至特意和他去了一趟医院做鉴定，结果无二。

但他真的只是觉得对苏薇愧疚，除了愧疚已经没有其他的感情了。他以为他的妹妹回来了，他会很开心，但是在知道苏薇害过温暖无数次之后，只剩下了失望。

许言晴变了，现在的苏薇已不是以前的许言晴了。

以前的许言晴活泼开朗，是他最宠爱的妹妹，可是现在的苏薇已经变成了一个很危险的、妒忌心很重的女生。

不知道去哪里找温暖，他找过长宇中学、西街花园、锦瑟广场甚至体育馆，好像独自回忆了以往的时光。

华灯初上，夜晚渐凉。

许言之靠在温暖家花圃外的篱笆墙上，深夜的凉意侵入脚底。月色明亮，偶尔响起几声狗吠。

街边的路灯照了一晚，直到第二天太阳升起。

许言之抬头，用手背挡了一下阳光。等眼睛适应了强光，他才放下因为在外过了一晚而显得有些僵硬冰凉的手。他好像被人抽走了气力一般，形如丧尸般离开。

· 02

温暖在单人病房躺了两天，打吊瓶的手背有些浮肿。

夏煦在她床边偷偷地抹眼泪，温暖半眯着眼，越过了三千青丝准确无误地找到了他的一根白发。

有人敲门进来，穿着白色的短袖，恍惚之间，温暖以为是许言之。

“温暖醒了吗？”余泽把一束淡黄色的蔷薇插进桌上的花瓶里，他摆弄着那束花，尽量使花枝不要缠在一起。

好闻的花香顿时四散开来，驱走了荼毒温暖鼻腔两天之久的消毒水味。

“还没有。一会儿她妈妈会来，我出去买点水果回来。”夏煦起身，在门口听到还算冷静的声音追出来。

“她来干什么？”温暖的声音有些无力。

夏煦握着门把手的动作滞住，拧了几下也没能打开门。他转过身，似乎不知道该怎么向温暖解释。

“她只是想来看看你，你生病了，她很担心。”

温暖没说话，也许是现在的虚弱让她说不出态度强硬的话。

语调只要一软，整个对抗就输了，所以她索性不说。

苏瑜来得快，看样子是急急忙忙放下了手头的工作赶过来的。

她站在温暖的床边，好几次想说点什么，都被温暖状似不经意的扭头而堵在喉咙。温暖乐此不疲地看着苏瑜一副欲言又止的样子，坏心眼地在心里暗笑。

苏瑜跟着夏煦出了房间，隔着一面墙壁声音听不真切。不过没关系，她本来也没想听那些毫无意义的谈话。

不到十分钟，两人又进来，顺手把门也关紧了。

夏煦看着温暖，斟酌了几番才开口："你妈妈因为工作的原因需要出国一趟，可能几个月都见不到她，她想接你去家里住几天，你看行吗？"

温暖不太了解爸爸的想法。在她眼里，苏瑜就是一个抛夫弃子的女人，既然当初狠下心要走，现在就不该再出现在他们面前。

温暖挣扎着坐起来，牵动了手背上的针管，顿时疼得龇牙咧嘴。

余泽连忙过来扶她，把她的手按在了床上。

"你知道我不会同意的。"温暖盯着夏煦，她可能需要提醒夏煦这个脑袋有点糊涂的中年男人，"你知道她是怎么对我们的，在我很小的时候。"

"你相信我，事情绝不是你想的那样。"苏瑜悲哀地看她，眼中流露出些许深沉的痛意。

或许当年真的做错了，才会让暖暖对她抱有那么大的敌意。她……真的有苦衷的。

不能想，不能说，一切只能烂在肚子里。

午夜梦回，血淋淋的人影还能占据整个梦境。

·*03*

苏瑜陷进房间柔软的沙发里，疲累地捏了捏眉心。

短促的电话铃声响起，她接起来，低低地应了一声："是我。"

苏薇将饭菜端上餐桌，准备去喊苏瑜吃饭。她立在房间门口，过几天苏瑜就要出远门，所以行李箱都已经收拾出来摆放在了房间外。

房门没有关严实，缝隙里泄漏出一抹白炽灯的亮光。

苏瑜的说话声低低地、并不清晰地传过来，尽管挂钟的秒钟指针"嗒嗒嗒"一圈一圈地走、尽管厨房里的水滴声"嗒嗒嗒"地落，苏薇还是敏感地捕捉到了让她浑身一颤的关键词：车祸。

关于十三年前的那起交通事故，下雪的日子里那一声尖锐刺耳的车鸣，混合着沉闷的哼声。爸妈的身体滚到她的脚边，鲜血融进积雪，染红了周围的一片。

耳边仿佛传来妈妈用尽全力的喊声："晴晴……"

苏薇震惊地站在原地，被刻意忘记的东西猛然间复苏。心脏好像停止了跳动，全身的血液也好像在这一刻凝结。

她后来在风雪中走失，在孤儿院待了几个月后，终于被纳入一个温暖的怀抱。

一切都是那么凑巧，苏瑜收养的女儿，竟然是车祸幸存的那两个孩子的其中一个。

“暖暖一直对我离开这件事情耿耿于怀，始终不愿意原谅我……如果不是因为这件事，我又怎么舍得离开她？”

抽噎声被压住，闷闷地消失在空气中。

苏薇感觉自己浑身发凉，手指颤抖着握成了拳状。她所有的不完美的一切，竟然都跟夏温暖有关。

她的人生被改写，她喜欢上了自己的哥哥、她依赖上了夏温暖的妈妈，一切都是那么讽刺。

苏薇倚着门框，直到苏瑜的声音越来越小，她才发觉自己因为站久了现在双腿发麻。

夏温暖，你毁掉了我的一切，我也要毁掉你的一切！

苏薇双拳蓦地发力，指节泛白，隐约有些痛意。她把电话拨过去，不到十秒就被那端接通。

“是温暖吗？”许言之迷糊地问，他躺在床上，目光有些涣散。

苏薇顿了一顿，电话那端传来一阵窸窸窣窣的声音。

许言之摸到桌子上的药，又倒了一杯水，就着喝了下去。等清醒了一些，他才看清楚屏幕上显示的联系人名字——苏薇。

“有什么事？”许言之把药收进抽屉，声音又变得清冷起来。

苏薇拿着手机的手力道加大。为什么，她明明已经变回了许言之的妹妹，却还是屈居温暖之下？

· *04*

那么她就……不客气了！

苏薇把许言之喊了出来，约在她家附近见面。

没等多久，许言之就赶了过来。他一脸的病态，站在她面前问：“有什么事非得见面才能说？”

苏薇忽略掉许言之语气中的不耐烦，她把苏瑜的那段模糊但还是能隐约听清楚的录音放出来。

伴随着电流的“吱吱”声，一道女声传出来。

“十三年前的那次事故真的是意外，但是我们却因为害怕而没有施以援手，我总是梦到那对夫妻化成厉鬼来找我……”

“这件事困扰了我那么多年，我也逃避了那么多年。我没想到暖暖会那样不理解我的离开，我好后悔……”

“阿煦，我们该怎么办？我总觉得这件事瞒不了多久……”

“你听到了吗？造成那场事故的人，就是夏温暖的父母！”苏薇盯着许言之苍白的脸，一字一顿，好让许言之将每一个字都能听得清楚明白。

顺便，也要彻底粉碎许言之对夏温暖的念想。

“你以为你爱的是谁？你爱的是许家仇人的女儿！”苏薇大叫起来，“你死心吧，我要报警，我要让警察把他们一家全都抓起来！”

录音接近尾声，几秒后又跳到开头，一遍遍重复地刺激着许言之的耳膜。

许言之的脸色更白了一些，温暖……

苏薇的电话刚好被人接通，她“喂”了一声，手机就被人抢了过去。

“你干什么？！”

电话被掐断，许言之听到他挂断电话前两秒时，警察低低的抱怨声：“原来是家庭纠纷啊。”

“许言之，你给我醒醒！你面对的是杀死爸妈的凶手！”苏薇失声尖叫起来。

许言之脸色复杂，冷静得有些可怕。他摇摇头，说：“也许他们说的不是我们，也许那时候发生的车祸不止这一起……”

他的眼前突然闪现温暖的脸，洋溢着笑容的她，让人狠不下心去伤害。

他已经相信了那起车祸就是温暖的父母造成的。因为车祸发生在虞唐市，那时候是冬天。而温暖说过他们在冬天匆匆搬家，从虞唐市来到了清溪。

“许言之你真是疯了！”苏薇死死地盯着许言之白得近乎和身后的白色围墙一样颜色的脸，“夏温暖到底有什么好？你为了她连爸妈的死都不顾了？！”

“你闭嘴！我心里清楚！要说报警，如果不是夏温暖，你早就进警局了！”许言之烦躁地揉了揉酸胀的太阳穴。他的话说得重，现在整个人就好像脱力一般，走得摇摇晃晃的。

“你……”苏薇愤愤地站着，因为过于生气，脸颊鼓鼓地泛着红。

“你如果报警，夏温暖一定会把你做的事情说出来，到时候你也不会比他们好到哪儿去……”许言之的声音飘了过来，带着笃定。

· *05*

又做了那个梦。

许言之从床上坐起来，昏黄的光线从外面透进来，照着他多少有些晦涩的脸。他靠着柔软的枕头，烦闷地将手握成拳捶打着自己的脑袋。

温暖，我该怎么办?

许言之摩挲着手机屏幕，滑动的屏幕最后总是会停在温暖的号码上。

心里总有个声音提醒他：这是你仇人的女儿……

可另一边他又说服着自己：温暖是你很重要的人……

许言之从床上爬起来，踩着拖鞋进入卫生间。

晚上有些炎热，不知不觉间就已经汗流浃背，他旋开开关，花洒里细密地喷洒下来凉凉的水珠。

流水顺着头发爬满了整张脸，一路蜿蜒着向下。许言之闭着眼睛，他只要静下心总会想到温暖。

思念像是一道风，四季都吹着。而他只是几天没见到温暖，心里就空得厉害。

许言之浑浑噩噩地躺着，又一次因为十三年前的事而失眠。他感觉自己身处在荒无人烟的岛屿，痛苦像是四周的潮水，一个不慎就会被淹没。

许言之披了件衣服在楼下的小诊所里买了一瓶安眠药。他爬上楼，疲乏包裹着他，却偏生不能安睡。

他打开白色瓶盖，撕掉上面的银色锡纸，倒出来两颗往自己嘴里塞。他没喝水，药片卡在喉咙里，苦涩顿时蔓延至整个口腔。

许言之再也忍不住，跑到卫生间干呕起来。

借助安眠药的药效，许言之在这个晚上睡了一个勉强算得上安稳的觉。

他最终还是没办法忽视父母的死。

这一次花圃外的铁门是开着的，许言之走进去，下意识地看了一眼挂着窗帘的二楼。

厨房里传来菜刀剁着辣椒的声音，属于辣椒的辛辣气息扑面而来，钻进许言之的鼻子里，带来一种微痒的难以言喻的感觉。

“言之？”

夏煦从厨房里出来，他擦了擦手拿了一个光洁的瓷碗：“你是来找温暖的吧？温暖生病了在医院还没回来，你可以和我一起去看看她。”

温暖，生病了吗？

许言之把脑海里的善良小人压下去，不，你忘了你来这儿的目的了吗？

夏煦把炖锅里飘着浓香的鸡汤盛出来，小心地装进保温杯里："你还没吃饭吧？我给你捎一份，到时候一起吃。"

许言之听见自己有些冷漠的声音，在安静的客厅里格外清晰。

"不，我是来找你的。"

夏煦把东西拿到桌上，用围裙擦干净手上残留的油渍："找我？找我有什么事？"

"关于十三年前虞唐市冬季夜晚的那起车祸。"

第二十章

坏的都将过去，好的总会到来。

· 01

夏煦脸上的笑容渐收，他看向许言之的目光里带着探究。

沉默半晌，夏煦沉着嗓音问他：“你怎么会知道这件事？”

许言之站着，少年身形单薄，却挺立得像一棵不屈不挠的雪后青松。

“我就是那起车祸当中幸存下来的人，当时我六岁。”许言之闭了闭眼，那一晚的景象像是涨洪的潮水一样汹涌而来。

汽车晃眼的灯光，刺得人睁不开眼睛。一阵尖鸣，车头和肉体的撞击声，声声都像是击在他的心上。

夏煦坐了下来，大概是一个十九岁的男孩实在不足以让他产生畏惧，他问：“那么你打算怎么办呢？”

许言之摇了摇头，他没有准备好说辞：“你是温暖的爸爸，我不希望温暖难过。”

夏煦笑了笑，眼角的皱纹堆叠出几道深刻的痕迹。

“你还是太年轻。”夏煦挥挥手，示意许言之坐下来，“我早就知道会有这一天，等了那么久，终于还是来了。”

许言之敛下眉眼，眸中的复杂之色没能逃过夏煦的眼睛。

“我只想问一句，为什么你不救他们？他们明明可以不用死的，可是你没有救他们，你开着车很快就消失了。”许言之终于有些忍不住，到底是血气方刚的少年，做事不抵中年男人那样老成。

夏煦垂着眼帘，声音没有多大起伏：“我也在想，当时为什么不叫救护车而是转身就跑？所以这件事才纠缠着我这么多年。”

大概，是因为太怕了吧。

人在那种情况下，第一反应都会是害怕。害怕被人找麻烦，害怕承担巨额的医疗费，害怕被警察抓走，所以才想要逃。趁着周围没人，趁着夜色好躲避。现在回想起来，却总会良心不安。

“所以，我的父母死了。不是因为车祸，而是你用你的冷酷无情和懦弱杀死了他们。我和我五岁的妹妹走散，那时候下着大雪，我跪在我父母被冻僵的身体面前放声大哭，他们最后的气息也没了，尸体被大雪覆盖，又被我刨出来。

“我晕倒在那附近，被人捡到时已经冻得像一块冰。我妹妹早就已经不知所终，我一度怀疑她是不是被大雪淹没了。我没见到她的尸体，所以不愿意相信她已经死了。”

夏煦只是在许言之说完之后道一声歉：“对不起，这世上没有后悔药。”

许言之摇摇头：“我不需要你的道歉，这并没有什么实质的作用。”

“那么你想要我做什么？坐牢？”

夏煦不是没想过会受到法律的制裁，他设想过这一天。只是这一次算得上心平气和的谈话，才让他更加愧疚。

·*02*

毁了一个幸福美满的家庭，这是让他一生都无法释怀的心结。

“我愿意接受你接下来所要做的一切，以此赎罪。”

许言之拉开门，外面的光照很强。门口的黑色影子被他踩在脚下，许言之突然一顿。

他慢慢地抬起头，视线经过那人肿着的手背，手背上有五六个红色结痂的针孔，在逆着光的情形中对上温暖那双装满了震惊的眼睛。

许言之首先转移了视线，他绕过温暖快步离开。

温暖，对不起……

“暖暖？”夏煦盯着门口进来的身影，心下猛然一跳，“你是什么时候回来的？”

“爸，所以你就是那个害得许言之家破人亡的凶手？”温暖脚步有些虚浮，每一步都感觉踩在了棉花上。

她质问着夏煦，脸上满是不可置信：“所以当初我们会那么匆忙地离开虞唐，其实根本就不是因为你当上了清溪大学教授的原因，对不对？”

夏煦起身，有些慌张地想要越过桌子去拉温暖的手：“不是的……暖暖你听我说，事情不是你想的那样……”

“那是怎么样？”温暖后退几步，后背抵住了雕花的门框。她感觉到后背上有汗珠顺着皮肤落下，最后融进棉质的裤头里。

“爸爸当时只是太怕了，所以……”夏煦双手焦急地在空中比画，可是温暖根本没有看他挥舞的手，只是盯着他的眼睛。

“所以你跑了，你把许言之的爸妈害死了，你还害得他们兄妹分离，你怎么会这么自私？！”

温暖几乎是吼出来的，她因为上次高烧不退，嗓子还疼着。这一下喊出来，发出的几乎是纸张被撕裂一样的声音。

温暖跑出去，迎着一股热风却还感觉到冷。

路边的小孩在吃一根将要融化的雪糕，浓郁的奶油味围绕着她，她突然跑出了眼泪。

许言之也会给她买雪糕，奶油味的。

温暖只觉得对不起他。他的人生本就不完美，结果她到现在才知道造成许言之糟糕人生的人，其实是他们一家。

温暖跑过马路，在被太阳炙烤得冒着热气的路面穿行。她爬上7楼，累得两眼冒金星，像只只会喘粗气的狗。

她使劲地按着许言之家的门铃。因为奔跑和日晒，她的脸颊变得红扑扑的，鼻尖上挂着密密麻麻的汗珠。

“许言之，你开门！”

温暖焦急地想要见到许言之，一边按着门铃一边在空旷黑暗的楼道里喊。

声控灯亮了又熄，熄了又亮。温暖嗓子不太好，每喊一次就要疼上几分钟。她背靠着那扇棕红色的门滑下去瘫坐在地面上，因为剧烈的运动而导致心跳加快，冷汗直冒。

她喘息着，汗水混着泪水流下来。

可能大病初愈后，泪腺变得脆弱了。

·*03*

“许言之，我知道你在里面……”温暖抓着门把手的右手无力地垂下去，她现在有点累。

许言之靠着门的内侧，同样坐在地上。他把头埋进膝盖，第一次露出他的无助。

温暖，你快走吧，我只是想要静一静……

许言之肩膀一耸一耸的，在没有开灯的房间里起伏。

温暖，我到底该怎么办?

温暖虚弱得说不出话，她只觉得脑袋像是要爆炸一样剧烈地疼着。她扶着门站起来，很快又重重地跌坐回去。

抹过汗水的手掌摁在地面，沾了一手掌的灰尘。

眩晕感从四面八方涌过来，温暖好像看什么都在旋转，她一阵反胃，扶着有些锈迹的扶手堪堪站稳。

温暖不知道自己是怎么离开的。她撑着快要倒下去的身体，在广场附近的车站买了票，然后坐上了去虞唐的车。

“暖暖……”夏煦几乎要打爆了自己的手机，在温暖房间里找了一遍，才发觉温暖从高烧住院那天开始就没有拿过手机。

他赶紧下楼，在楼下碰到刚好过来的余泽：“小泽，你快帮我找找，暖暖不见了，都是我的错……”

余泽急忙扶着夏煦有些瘫软的身体，安慰道：“夏叔叔，你先别担心，我去帮忙找找看。”

天知道余泽心里有多慌，他隐隐觉得这一次的事情比上次温暖掉进水坑更严重。

已经是半夜，而温暖从下午离开家就没有再回来过。夏煦只要想起新闻上的事故脑袋便一阵眩晕，几欲昏厥。

余泽打着手电筒，从小路一面喊一面找，漆黑冗长的夜仿佛无边无际。

“温暖，你千万别吓我……”余泽跑过附近温暖可能会去的地方，没有，都没有。

他经过长宇中学，甚至在学校找了一圈。

放假后学校空荡荡的，只有门卫爷爷还守着。余泽向门卫爷爷比画着：“一个女孩子，大概一米六，十八岁，穿着白色的衣服……”

门卫爷爷摇头：“没有见到过。”

心情瞬间跌落至谷底，余泽路过一家图文复印店，差点没抑制住自己冲进去打印几份寻人启事，黑体加粗的那种字体。

而此时已是深夜，开往虞唐市的大巴车在车站停稳。

温暖身上已经没什么钱了，又累又饿连一个面包都买不起，更别提打车去找简清雅。她摸了摸口袋，不免有些懊恼，手机也没带。

车站的出口熙熙攘攘，尽管是半夜，却依旧热闹非凡，到处挤满了来接家人或朋友的人，有的举着牌子，好让出来的人能一眼看到。

后面有人推搡着，温暖被人群冲了出来。大概是接到了想接的人，热闹的人群一下就散了。

温暖站在门口，冷风一吹，忍不住打了个喷嚏。

对面的小超市刚好打烊，店员收拾着，很快灯光就暗了下去。

清冷的街道两旁的商店的灯光一盏盏熄灭了，最后只剩下路灯模糊的光还照着，洒在温暖的前后。

温暖找到一个公用电话亭，将最后准备投给公交车的那枚硬币投进去。

·04

汽车站的特大显示屏上布满了红色大字，温暖的视线落在最右侧的时间上，03：30。

她坐在站牌下方的座椅上，目无焦距地盯着空中的一片虚无。直到车子的闪光灯照过来，打着车鸣停在了她身边。

简清雅的爸爸简昀从车上下来，有些心疼地埋怨："暖暖，你怎么这么晚一个人跑过来？女孩子家家的，大晚上多不安全。"

温暖坐在车后座，疲累地揉着太阳穴。景物向后倒退，凉风吹进窗口，她听不太清简昀的话，脑袋一阵一阵地犯晕。

简昀眉头皱着，去摸温暖的额头，然后又摸了摸自己的，眉头皱得更紧了。

"你是不是疯了？你还发着烧就到处乱跑，你要担心死叔叔啊？"简昀把自己带来的矿泉水瓶盖在温暖额头上，从冰柜里拿出来的水多少还带着点凉气。

温暖只感觉很舒服，她忍不住想要闭上眼睛。她现在意识有些散乱，甚至已经记不清自己为什么跑到这里来。

温暖和简清雅一起住进了病房，简清雅刚做完换心手术，现在比温暖还要虚弱。

温暖侧过身，看着同样挂着吊瓶的人忍不住笑起来。

简清雅瞪温暖，但她没什么力气，说话也变得软绵绵的："夏温暖，你干吗为了我大老远跑过来？"

"谁说我是为了你？"温暖眼睛轻轻眯起，点点细碎的笑敛进狭长的双眸。她摇晃着脑袋坐起来，她的吊瓶里快要没药水了。

护士还没来，简清雅的爸妈还在门口和医生说话。温暖拔掉了空吊瓶的插管，抵着墙壁扎进了另一个吊瓶里。

简清雅不能动，麻醉还没完全消退。她盯着温暖的动作，心里突然暖暖的。即使温暖不说，她也知道。

“许言之没有陪着你吗？”简清雅轻声问她。

温暖的目光一下子飘得远了，透过窗帘后面半开的窗户，她能看清楚远处天上飘浮着的大朵大朵的云。

许言之和她爸爸的谈话一遍一遍地回旋着，隐藏了十三年的真相就此揭开。

“清雅，我可能不能和你一起留在清溪了。”她现在只要一想到自己的爸爸是害得许言之家破人亡的罪魁祸首，就止不住地心痛。

她已经没有脸再待在许言之身边，许言之也不会希望和他仇人的女儿在一起的。

温暖抱着身上蓬松柔软的被子，将脸埋进去狠狠地吸了口气。

“你要去哪儿？”简清雅屏息凝神，她听见自己耳边的吊瓶往下滴水。

“我大概……知道我妈妈为什么会离开了。”温暖词不达意地回她，其实更像是在和自己对话。

他们在车祸之后办理了离婚手续，却都没有再婚。苏瑜一直强调的苦衷大约就是这起车祸吧?

所以才不能告诉她。

· *05*

见到苏瑜已经是一天后，她风尘仆仆地赶来，脸上是难掩的倦意。

温暖第一次这样认真地看她，她和夏煦一样，黑色微卷的头发里藏着几丝银白。

苏瑜看着温暖的手背，心头一酸，在一边偷偷地掉眼泪。

“和爸爸离婚的原因，现在可以告诉我了吧？”温暖靠着枕头，柔软的触感总算减少了些许因为躺得太久背部的痛意。

苏瑜哭着点头，她去拉温暖的手，又怕碰到温暖肿着的手背会疼，只好握着温暖纤细瘦弱的手指。

“我已经知道了，薇薇就是当年车祸活下来的小女孩。现在报应终于来了，我先失去了你，现在又失去了薇薇。”苏瑜看起来是真的伤心。她的眼泪砸在温暖已经没什么知觉的手背上，却烫得温暖忍不住往里缩了缩。

“当年我和你爸爸打算去幼儿园接你回家，因为下班太晚、天太黑，路上还积着雪，想着快点来接你就加了速……

“我只听见一声闷响，有人飞了出去，还伴随着孩子的哭声，我当时就慌了。那时候我和你爸都领着几百块钱的工资，根本没办法赔偿。你爸爸就说，赶紧走吧，没有人看得见……

“我后来劝他自首，他也同意了。可他害怕坐牢会耽误我，所以我们协议离了婚。可是回家后他要去警局，你却抱着他的腿说‘爸爸别走’，他当时就心软了……

“发生了那么大一件事情，我们心里都有疙瘩，所以就吵了起来……我没想到你会这样不理解我，如果知道的话，我死也不会同意离婚。这件事困扰了我这么多年，今天总算可以说出来……”

一室安静，房门从外拉开，两人谈话也就此终止。

简清雅被几个医护人员推进来，重新躺在了她左边。

这几天她要做大大小小的检查，出院后一个月还要进行复查，不过很快她就可以像正常人一样可以跑、可以跳、可以大笑大闹。

温暖和简清雅对视着笑起来。坏的都将过去，好的总会到来。

温暖出院的这天，天气好得不像话。没有灼热的太阳也没有绵延的雨点，轻柔的风拂过树梢，将好像触手可及的云彩丝吹散。

余泽在广场附近见到了许言之，他和苏薇在一起不知道说着什么，气氛看起来很是和谐。

余泽握着水瓶的手使劲，水瓶发出几声响，被他蹂躏得不成样子。

余泽终是没忍住，冲过去，重重地给了许言之一拳。

带着怒气的拳头落在许言之的右脸上，打得许言之脑袋一偏。

余泽抡起拳头，还想再砸，被苏薇抱住。她尖叫着：“余泽你疯了！”

“你答应了我要照顾好温暖的，温暖现在失踪了，而你在干什么？！”余泽双目猩红地盯着许言之，他当时就不应该相信许言之。

还说什么会保护她，放屁！

“温暖失踪了？”许言之抬起头来看余泽。他嘴角渗出血丝，一股浓重的血腥味在口腔弥漫开来。

第二十一章

许言之，我没办法心无芥蒂地面对你。

· *01*

许言之挣开余泽的禁锢，去了温暖所有可能去的地方。

广场旁边有一辆刚刚发动的大巴车，许言之似乎想起什么，连忙在车门关闭的最后几秒挤了上去。

他脸还肿着，上面还残留着血迹，没有人愿意和他说话。许言之在最后一排坐好，他有种感觉，他要失去温暖了。

许言之不知道简清雅的家在哪里，他在红郡中学找到了简清雅的班级。那里有人在装修已经坏掉的空调，还有一个大约是简清雅的班主任，在指挥着哪里需要维修。

那老师问他：“你是？”

许言之简短地跟老师说明情况，问到了简清雅的住址，还得知简清雅此时大概因为手术，正在医院休养。

许言之叫了车，直接朝医院赶。他在登记处登记资料，温暖刚好从他身后经过。

再见，虞唐。

温暖拿着新手机，将苏瑜给她的银行卡装进手机里，直接打车去了车站。

她在路上给余泽打了电话，大概因为是新号码，余泽没有接。

她把许言之的电话存进去，看了又看。屏幕暗下去，她又打开，如此反复。

去清溪的车随时都有，温暖选了一个靠窗的座位。她听见引擎发动的响声，载着乘客的大巴车发出一声悲鸣然后驶出车站。

被枝叶分割成块的光斑照在她黑色的裤子上，随着时间慢慢拉长。

许言之找到简清雅时，她刚好打完一瓶点滴。

简清雅看到他很惊讶，她伸出去的手指还没来得及收回。听到许言之问她，她愣了愣往窗外指："温暖走了，这个时候应该已经坐上车了。"

许言之想往外跑，又像是被人突兀地按了暂停键，动作僵在原地。

简清雅的声音追出来，依旧柔软，他却感觉那句话像是一根尖锐的刺扎进他心里。

疼痛四散开来，令人窒息。

"她下午两点的飞机，要去加拿大。"

许言之喉咙发涩，他说了句“谢谢”拔腿就往外面跑。他赶到车站，一辆辆车找过去，没有找到人，又坐了最快的一辆回清溪。

温暖，你等等我。

温暖试着给余泽再打了一个电话，这次被接通了。她在机场等着，没一会儿就等来了余泽。

“你真的决定了？”余泽把温暖的背包给她，然后问，“要出国学设计？”

温暖坐在候机室，空调打得有些大，她抱着背包的手臂上爬上一层鸡皮疙瘩。

“嗯，误会也解开了，我想跟着我妈出国学习。”温暖话音刚落，推着行李箱进来的苏瑜就已经到了面前。

“余泽，我走了，我爸就是一个人了。你有空多去看看他，要不他会不习惯……”温暖有些哽咽。

“好。”余泽抱了温暖一下，温柔地帮她擦了擦眼泪。

答应你的，我一定会做到。

苏瑜给苏薇留了一笔钱，虽然不多，却也足够她未来几年的生活。

· *02*

苏薇在那次和许言之谈话后，就和苏瑜提起了那起车祸。她跑出家门，一个人住进附近的宾馆。

苏瑜找不到她，打电话她不接，发短信她也不回。

许言之把她叫去广场，在几个小时之前，彻底打消了她想要报警的念头。

许言之问她："那苏阿姨怎么办？你也想让她坐牢吗？"

不，妈妈不能坐牢。

苏薇稳住自己的脚步，所有记忆一并灌进她的脑海。苏瑜照顾她那么多年，她不敢想象没有苏瑜的日子。

"那爸妈的死怎么办？就这样过去了吗？"苏薇反问他。

"坐牢能解决什么问题吗？"许言之看着苏薇的眼睛，"你绑架温暖、推温暖下水，按道理也属于故意杀人罪，那么你也要坐牢吗？"

不！

这些事情她以为没人会知道，可是她错了，她只是在自欺欺人地以为只有自己知道。许言之一提，她就忍不住回想。

差一点，温暖真的就死了。

她像是置身于海里，被水草缠住了双脚，怎么也无法从一次次的噩梦里逃脱出去。

"就当抵过，好吗？"

许言之还在劝苏薇的同时，余泽带着怒气的拳头便迎了上来。所有那一刻他想到的说辞都被吞了回去，腥咸的味道在他口腔炸开。

苏薇窝在宾馆的小房间，她的手机收到一条短信。

提示建设银行里多了一笔钱。

这个时间，是苏瑜即将登机去往加拿大完成设计项目的前一小时。

苏薇突然想清了什么，她往楼下跑。因为跑得太快，她被松开的鞋带绊了一下，差点整个人从楼梯上摔下去。

她火急火燎地赶到机场，却不敢靠近。她躲在巨大的人形牌匾后面，看着苏瑜总是在盯着自己的手机看。

苏瑜的旁边站着温暖，看样子是要过安检了。

苏薇，勇敢一次，好不好？

苏薇抹了抹有些湿润的眼眶，她拿出手机，点开短信栏一个字一个字地编辑。

——妈妈，一路顺风。我没有怪你，我其实很爱你。对不起，妈妈，我曾经对温暖做过很多不好的事。你能原谅我吗？你还愿意接受我这个坏心肠的女儿吗？

苏薇还在犹豫间，甜美的提示音透过扩音器传送到耳里。她看到苏瑜失望地打算把手机收进口袋，连忙点了发送。

苏薇很快收到了一条回复，她蹲在人形牌匾后，泣不成声。

——我永远是你的妈妈。

苏薇泪眼蒙眬地盯着她们远去的背影，“呜呜”的抽泣声逐渐大了起来。

· *03*

“温暖！”

许言之喊了一声，他弯着腰大口大口地喘气。

机场里来往的行人侧目，大概是因为他嘴角和脸庞还肿着，周围的女孩子低低地惊叹了一声。

温暖只想逃，她听见那道声音穿越层层阻碍，最后清楚地落进她耳里。

温暖赶紧过了安检，在登机口排好的长龙里藏着。

许言之，我没办法心无芥蒂地面对你。就像我没办法，面对我爸一样。

“夏温暖！”

许言之开始连名带姓地喊。

温暖捂着自己的耳朵，低着头在前面的人登机之后赶紧跟上去。可她又忍不住回头去看，尽管隔着人山人海，少年高挑的身形还是显得特别出众。

“怎么了？”苏瑜伸出一只手，帮她挡住了旁边路过的男人的行李一角。

温暖摇摇头，往里走，彻底隔绝了外面的一切声源。连同许言之的，一同被屏蔽。

飞机缓缓地起飞，周围的五彩的景物变换成了蓝天和白云。她看见窗外有一只奋力舒展翅膀的鸟儿，转而没入洁白的翻滚的云层。

“别喊了，她已经走了。”余泽走过来，视线落在许言之的脸上，语气带了点儿愧疚，“对不起啊，之前是我没弄清状况就打了你。”

许言之抹了把汗，嗓子干涩得难受，他声音暗哑得可怕：“我没有怪她。”

余泽知道这整件事还是上午回家的时候，夏煦跟他说的。年轻时犯的错，影响了那么多人。

余泽跟着许言之坐上回去的车，一路上，许言之安静得连呼吸都需要余泽仔细凝神去听才能听见。

半夜的机场，有一个孤单的男人用报纸掩面，低低地抽泣着。

良久，他跌跌撞撞地离开，回到了那个因为缺少了温暖而显得没有生气的家。

温暖，你再给爸爸一点时间。

温暖，爸爸不会让你失望的。

夏煦在第二天的早上，找到了许言之，在温暖之前兼职的西餐厅里。

那个少年变得荫翳，眼眸中总有着化不开的寒冰。

两人坐着，夏煦率先开了口："言之，当年的事情我很抱歉。我知道你是一个好孩子，也知道你是暖暖的好朋友，我并没有期望你能原谅我，但我希望你能原谅暖暖。"

许言之只是沉默，他当然没有怪温暖，更别说原谅。可是那个傻姑娘啊，她自己心里有疙瘩，所以才会选择离开。

许言之离开餐厅，在尘封许久的书柜里找出一个绿色封面带锁的笔记本。他打开，手指夹住纸张一页一页地翻过去。

08.29，你去了加拿大，很想你。

08.30，你离开的第二天，很想你。

第二十二章

屋外雪又下得大了一些。

· *01*

又到一年的开学季。

许言之凭着几天前收到的录取书，提着行李去教务处报到。

他经过信息栏，看到上面贴着的录取情况表上 602 的录取分数线下，并没有温暖的名字。他在最后几个名字里，找到了自己的。

“今年报考清溪大学的人数比去年更多，分数线又往上提了两分。”教务处的老师走过来，“许言之，你很幸运。”

如果温暖还在清溪，那么他宁可不要这份幸运。

大二有一次当作交换生的机会，清溪大学和加拿大一所设计学院有合作。许言之作为设计系的尖子生，又有夏煦帮忙，很快争取到了这个名额。

他离开清溪时，苏薇去找过他。

苏薇学的新闻传播，他们系的教学楼距离设计系的教学楼有一定路程。她送许言之到机场，跟着他一起候机。

“哥，你替我跟温暖道个歉吧。”苏薇仰头，盯着已经高出她一截的人。

许言之薄唇抿着，薄毛衣套在白色衬衫上，灰色的休闲裤包裹着一双长而笔直的腿。他往那儿一站，整个人显得高冷矜贵。

他多数时候都保持着沉默，闻言淡淡地看了苏薇一眼，唇瓣一张一合，然后吐出一个字：“好。”

他翻着温暖的电话，一次次地拨过去，传来的永远都是“您拨打的电话是空号”。

温暖，你怎么能这么绝情。

她几乎切断了和他的一切联系，想要在他的生命里消失。

一年很快过去，可许言之每天除了思念她，再也没有其他的事情可以做。

飞机的轰鸣渐近，许言之的思绪被迫拉了回来。

多伦多的秋季气候宜人，安大略湖面被懒洋洋挂着的太阳洒下一片碎金。浅水里几只白色的鹭鸶追逐着，像是撒欢般奔跑。

鲜花已经开过，零落在地的枯叶被风带起，打着旋儿又在前方落下。

温暖，我好像，又离你更近了一点儿。

许言之周末总会在附近闲逛，说是闲逛，其实不过是为了能够增加一点可笑的能和温暖相遇的概率。

他找过整个多伦多设计学院，没有一个叫“夏温暖”的人。

她好像人间蒸发了一样，连一丝一毫的信息都不留下。

但他还是有一点发现，这让他很兴奋。

在多伦多一家电视台的采访上，许言之发现作为首席设计师的苏瑜接受了采访。

他找到苏瑜的住处，才发现苏瑜搬家了，具体去了哪里没有人知道。

· *02*

作为交换生的第二年，许言之第二次见到多伦多的雪。

下雪的季节，街头覆满一层柔和的莹白。礼堂的钟声响了又响，现在是晚上七点整。

几个华人拉着许言之去湖畔放烟花，天空中炸开的颜色照亮了对岸。

那一瞬间，许言之整个人僵在原地。

身边的华人推了推他的肩膀：“言之，到你放了。”

许言之把打火机塞到那男生手里。他跑过湖畔，夜间寒冷的风划过脸庞，他却感觉像是有人温柔地抚摸他一样，带着点点暖意，直直地拂过他的心尖。

许言之的短发在风中扬起，随着他的动作不断地起伏。

他的脸庞有点红，鼻尖上布了一层细汗。紧紧捏着的手心因为大力导致指甲嵌进肉里，留下好几个月牙形的痕迹。

晶莹的雪落进眼睛，一秒钟就融化成了水。凉凉的，也降不下去他一丝一毫的温度。

“温暖，夏叔叔出事了！”

温暖握着手机的手倏地用力，指关节开始泛白。她似乎有点找不到自己飘忽的声音：“我马上就回来。”

温暖忍住自己的眼泪，礼花在她头顶炸开，一波一波的欢笑声刺激着她有点脆弱的耳膜。

她肩上盖着一层薄薄的雪，在跑动的过程当中被吹散消失在空气中。

她订了最近的一班飞机，连夜从多伦多赶到清溪。

清溪雪更大，因为过新年的缘故，街道上很少有人。只有清冷的灯光伴着“簌簌”的雪花，温暖感觉到自己全身发冷。

余泽开着车来接她，从机场一路畅通无阻地停在院子里。

“你……”余泽还没说完，温暖就摆了摆手，把余泽要说的话给噎在喉咙。

“我爸什么时候去自首的？”温暖这一刻冷静得让余泽害怕，他一颗心瞬间提至嗓子眼。

“今天上午。”余泽陪着温暖跨进她家的大门。

“那你为什么现在才告诉我？”

温暖推门而入，一股熟悉的味道钻进鼻腔。一切还保持着她离开时的模样，客厅、房间，所有东西的位置都没有变动。

温暖感觉到自己手心不自觉地往外渗出密密麻麻的汗珠，

她有些呼吸困难，甚至是手足无措。

她推开夏煦房间的门，还像往常一样，并没有关紧，总是留着一丝缝隙。

已经空荡的房间里散发着一股好闻的蔷薇花的熏香味，木棕色的办公桌上摆放着一台开着的电脑。

整洁的书桌上有一个白色信封，温暖几乎是颤抖着打开。

那里面安静地躺着一封录取通知书，是清溪设计学院寄过来的。

还有一封贴着香樟叶标本的信。

·03

温暖感觉自己的心脏在胸腔里剧烈地跳动，如鼓如雷。

窗外还有飘扬而下的雪花，混合着午夜十二点响起的教堂的钟声和异常兴奋的叫喊声："新年到喽！"

温暖突然有点想哭，眼泪毫无预兆地砸在即将开启的那封信上。黑色的笔迹被温热的液体浸润着，字迹好像放大了一点儿。

温暖：

新年快乐。

看到这封信的时候，爸爸已经遵循自己的心意做了自己想做的事。爸爸想了很久，最终没能逃过良心的谴责。我愧对许家，如果不是我，许家也不会变成现在这样。

所有的事情我一力承担，都是我的错，和你妈妈没有一点关系。我只是怕连累她，才逼着她离了婚。你要理解你妈妈，她一个女人这么多年挺不容易。

柜子里有一张银行卡，密码是你的生日。那里面是我攒了大半辈子的钱，你拿着和妈妈一起好好地生活。想做什么就去做，想要什么就去买，千万不要舍不得。

你离开的这两年我也没闲着，打点好了国内最好的设计学院，你遗传到了你妈妈的设计天赋，不能浪费。如果你愿意的话，就拿着这份录取通知书去找廖博士，他会帮你办好入学的手续。

最后，爸爸要跟你说一声抱歉。

你和许言之的事情我是知道的，他是个有上进心的孩子，如果他成为我的女婿我也会很开心。只是因为爸爸犯的错，让你心存愧疚。

温暖，爱就勇敢去追，爸爸永远支持你。

年轻的时候不要留下遗憾，这样以后到了垂暮之年也会幸福。

夏煦

2017.12.30

温暖坐倒在地，靠着余泽泣不成声。

信纸被她放在心口，有几滴眼泪滑下去，模糊了原有的字迹。

“温暖，别哭了……”我也心疼。

余泽轻轻地拍着温暖的后背，右手克制着没有揽她入怀，只是有些笨拙地一下一下去擦温暖的眼泪。

鞭炮声不断地响起，雪地上铺满了一层红色鞭炮纸屑。好像还带着丝丝热气，烟雾消散在冷空气里。

到处都喜气洋洋的，温暖裹着大衣走在街上，第一次感觉到自己和这个世界格格不入。

她的脚步在看守所停下，她抖落掉雪地靴上沾着的几抹莹白，做好了心理建设这才走进去。

“夏煦是吗？”男人翻着记录本，“根据《刑事诉讼法》规定，犯罪嫌疑人自首后被拘留期间家属不予探监。抱歉。”

温暖不知道自己是怎么走出看守所的，只是屋外雪又下得大了一些。

穿着喜庆的红衣服跑出来玩雪的小孩很多，有一个雪球砸中了她的脖颈，雪化成了水流进了她的衣领。

第二十三章

就像是帆船喜欢大海、地锦喜欢竹篱那样，喜欢你。

· *01*

温暖没有再回多伦多继续学业。

她按照夏煦信上写的，拿着录取通知书去了清溪设计学院。廖博士已经联系好了大三的班级，只要她去就可以正式上课。

906 路公交车经过清溪大学，刚好是早上八点，校门口的学生络绎不绝。

她当初填报志愿的时候，只填了一个地方，就是清溪大学。她没有被录取，那许言之呢？

已经开春，树木又绿了起来。

下过雨的街面湿漉漉的，带着春天独有的清新的味道。

温暖站在路边，等红色小人亮起。她的手机提示音响起，是很好听的流水的声音。她从口袋里将手机摸出来，是简清雅发来的信息。

——到了吗？我来接你。

值得一提的是，简清雅所在的医学院就在清溪设计学院对面。温暖也是最近才知道简清雅和余泽在一所学校，并且还在同一个班级。

——到了，就在门口。

信息发出去不过几秒，简清雅就跑了过来。

“总算回来了！”简清雅抱着她，“以后我们就可以随时见面了！”

余泽从路边的小卖部买了三瓶饮料，他走过来，脸上挂着和煦的笑意。

他把橘子汽水递给简清雅，简清雅小声说了句：“谢谢。”

温暖目光在他们两人之间来回流转，像是发现了什么了不得的事情一样，笑弯了眼睛。

简清雅最爱的就是橘子汽水呀！

余泽帮她拎着行李，一行三人就这样大摇大摆地进了清溪设计学院。

广播里放着一首由学长学姐作词作曲的迎新歌，配上几个人滑稽的舞蹈动作，看起来竟然有种莫名的喜感。

时间一晃，过得飞快。

当年的同学群里班长魏晨轩随口提了一句：“咱们 441 班什么时候也举行一个聚会怎么样？”

得到一片附和的声音。

许言之不常用手机，他看到这则消息还是因为魏晨轩给他打了电话。

时间定在3月10号，他手头上刚好有一个设计项目需要完成。他本来不想参加，可是一想到新年时看到的那个身影……

他可以肯定那个身影是温暖，只是等他跑过去，温暖却不见了。他当时在湖畔找了很久，直到放烟花的人全都离开，最后整个湖畔都只剩下他一个人。

魏晨轩打来电话的时候，他还问了句："温暖会去吗？"

"你和温暖不是在一起吗？"魏晨轩当时特别惊讶地问他。

你看，所有人都以为我们在一起，可是我却连你在哪里都不知道。

许言之在这几天把项目提前完成，连夜坐上去清溪的飞机。他经过温暖家门前，青绿色的花藤都已经缠绕上了那扇紧闭的铁门。碧绿的地锦攀爬上篱笆，像是有要延伸到房门上的趋势。

许言之站了一会儿。从篱笆上跳下来一只毛茸茸的动物，软软地小声"喵呜"着。

"泡芙，你也被她抛弃了吗？"

许言之微微蹲下身，抱起那只黑色的小猫："你说她是不是好狠心？"

泡芙"喵呜"一声，伸出舌头在他手背上舔了舔。

· *02*

许言之在包厢外站了好一会儿，才推门进去。

魏晨轩看到他，刚飙上去的高音一下子破了。

底下一阵哄笑。魏晨轩搓着手干干地笑了一声，以此来掩盖他的尴尬。

“温暖呢？没跟你一起来？”底下有人问。

许言之抿着唇没说话，他其实也是来找温暖的。

包厢的气氛算不上糟糕，可没有温暖在他身边，他对这种聚会一点兴趣也没有。很快，他就找了借口离开，一个人在KTV附近的清溪医学院旁边的人行道上散步。

他揉了揉胀痛的太阳穴，无视掉往来的行人的注视，坐在石凳上休息。

不知道坐了多久，总之到了落日西沉的时候。

余泽从教学楼下来，他把刚刚做好的笔记翻了一遍，才将笔挂在笔记本的外壳上。

他看了眼时间，数着机械表上的秒数。

“等很久了吗？”简清雅小跑着出来，没有别好的发丝跑散了，软软地垂在有些泛红的脸颊上。

“还好。”余泽走在她身边，下意识地把她往里揽了揽。

“你说温暖会不会已经等得不耐烦了？”简清雅看了眼时间，忍不住叹了口气，“辅导员太坑了，拖了我们二十分钟。”

“不会啊，她不是那么没耐心的人。”余泽侧头看了她一眼，刚好看到矮他一个头的女孩子急得忍不住想跑起来的样子，唇边多了一抹笑。

“余泽。”简清雅突然停下来，小心地戳他手臂。

“嗯。”

“那是不是……许言之？”

余泽顺着简清雅指着的方向看过去，目光落在那个撑着自己额头的人身上。

大约是今天下过雨，这会儿比较凉快，许言之把手臂上的黑色外套穿上。清俊的侧脸依旧具有辨识度，所以尽管隔了一层树叶，余泽还是确认了他的身份。

“他看起来很难过。”简清雅继续戳余泽的手臂，“我们要不要……”

余泽已经走了过去，他把一瓶饮料放在许言之面前的石桌上，在许言之对面坐下来。

许言之掀了掀眼皮，见是余泽，把饮料接了过来打开，猛灌了一口。

“什么时候回来的？”余泽问他。

“昨天。”许言之声音很清淡，目光不由自主地被天边的斜阳所吸引。

许言之去多伦多余泽是知道的，只是他按照温暖的意思没有透露任何信息给许言之。

只是现在，温暖已经回来了。

或许，一切还能回到原点。

温暖的心思他清楚，许言之的心思他也清楚。所以，他不能再这样放任他们下去了。

· *03*

某饮品店里，温暖咬着柠檬汁里面插着的吸管，狠狠地吸了一口。她食指飞快地在屏幕上敲下一句话，然后点击发送。

——还没下课吗?

温暖盯着手机看，回复还没有过来，但是余泽的名字后面有几个字：对方正在输入。

温暖等着等着，等来两个字。

——来了。

身边果然投下来一个阴影，刚好覆在她亮着的屏幕上。

她的手机亮度是设置的自动，所以光线被人遮住，屏幕的光就暗了一点。

温暖下意识地扭头去看，就对上一双深沉的眸子。

她开始相信网络上的一句话——

你说星星很美，那是因为你没看见过他的眼睛。

即便那是一双隐藏了太多情绪的眼睛，也一样好看。

这一瞬间仿佛时间静止，连果汁散发出来的热气都好像凝结在了半空。温暖听见自己突然加快的心跳声，一下一下剧烈地撞击着胸腔。

“你能站起来吗？”许言之听见自己冷静地说。他的目光不离温暖丝毫，他的眼睛里，已经全是温暖的样子。

“啊……能，怎么了？”温暖有些局促地站起身，她还没反应过来，整个人呆呆地站在许言之带来的那片阴影里。

“我想抱你。”

许言之话落下的瞬间，一个带着不容抗拒意味的拥抱就已经拢住了她。

久别重逢的感觉，到了许言之这里，就像是失而复得。

尽管过去了许多年，许言之身上的那股清淡的蔷薇花香还是没变。

许言之伏在她的肩头，许久都没有说话。久到，温暖的右肩膀都已经泛出了酸痛的感觉。

这一刻，温暖心里生出一种久违的安定感，她不确定地喊他：“许言之？”

“嗯。”许言之脑袋埋在她脖颈处，闷闷地应了一声。

温暖感觉到自己的颈窝有点湿润，她心里猛地一颤，指尖有些微微的麻意泛起，她有点不相信自己想象的。

许言之，哭了？

许言之吻她的耳朵，然后慢慢移到她的唇边，暗哑着声音问她：“还走吗？”

温暖心下一动，声音也跟着哑了下来：“不走了。”

她的双唇一上一下地触碰着，呼出的热气还带着淡淡的柠檬清香，喷洒在许言之鼻尖上，痒痒的。

“那就好。”许言之吻上她柔软的唇。

店里突然有一个人带头鼓起掌来，很快，整个店里的人都转过身，不由自主地拍手，雷鸣般的掌声像是要把他们淹没一样。

温暖，也许你不知道，我到底有多喜欢你。

就像是帆船喜欢大海、地锦喜欢竹篱那样，喜欢你。

番外一

微风轻轻起

许言之被确定去清溪大学参加数学竞赛，而在此之前必须进入清溪大学语音教室进行为期一个月封闭式的训练。

所谓封闭，就是无假期，不能出校门，整天只能在教室与寝室之间徘徊。

温暖沉默着帮许言之收拾东西，数学书、草稿本、辅导书……她一样一样地清点着，神情严肃。

许言之一下子就笑出声来，像往常一样伸手去摸温暖的脑袋。

绑着长马尾的头发因为他们坐在窗口的缘故，被有些狂躁的风吹得凌乱。许言之把温暖散落下去的头发撩到她耳后，像对待稀世珍宝那样小心。

发尖轻轻地扫过许言之布着薄茧的手指，酥痒的感觉弥散至心底。

那一块地方，因为温暖的存在而柔软得不可思议。

“温暖。”许言之坐下来，撑着下巴看她。

逆着昏暗微弱的亮光，他有点看不清温暖的表情。

“嗯。”温暖闷闷地应了一声，手中动作没停，麻利地把整理好的东西塞进许言之黑色的背包里。

“那里会准备好需要的东西的，其实这些都不用带。”许言之看到温暖手指一僵，整张脸上的表情都变得微妙起来。

“你怎么不早说？”温暖倒拎着许言之的背包，里面的东西“哗啦”一声全部掉下来，摊在并不太整洁的桌面上。

许言之没说话。

他知道这样不太好，可他就想逗一逗温暖。温暖替他准备东西、替他担心的时候，他就觉得原本因为要离开一个月而阴沉的心情突然变得很好。

课间铃声在这时响起。

许言之从桌子里摸出一张饭卡，偏头问她：“今天要吃什么？”

他漂亮的丹凤眼微微眯起，眼尾的小泪痣跟着上扬，将细碎的亮光敛进那双深邃如海的眼睛。

温暖感觉自己的眼睛被晃了一下。

他怎么就，好看得那么过分呢？

但好看归好看，温暖嘴巴还是没停，她熟练地报了一串菜名："酱鸭掌、红烧鱼块，谢谢大佬！"

许言之嘴边含着一抹笑，默默地接受了"大佬"这个由温暖说出来而显得比较可爱的称呼。

"今天不吃糖醋排骨了吗？"

"不吃了，偶尔也要换换口味。"温暖摇着头，一副很乖的样子。

许言之很受用她的表情，他抬脚往前走了几步，又像是想到了什么又折返回来。

许言之看了眼手机日历上显示出来的日子，确定自己没有记错才说："今天是食堂要上新菜的日子，你不去看看有什么其他好吃的吗？"

"真的假的？"温暖从双人座位里跳出来，她需要跨过许言之的座位。

她在五楼的走道上抻长了脖子往食堂方向看，被松树遮挡的视线最多能看到操场上攒动的黑色脑袋。

许言之敲她的头，面上带笑，力度却不小："再拖一分钟，排队两小时。"

"许言之你可以啊，连这种歪对联都能随口就来！"温暖拉着他往楼梯口走，一边走一边表示惊讶。

"彼此彼此。"

"什么彼此？"

"下楼梯扶栏杆，不推不挤我最棒。"

"……"

今天果然是食堂上新日。

排队的长龙从打菜的窗口延伸至教学楼一层楼梯间，温暖对此叹为观止。她挤在人群里，热度从脚底往上升。

排在队伍里的温暖从地上捡了一份前面的人随手丢掉的新菜单研究，絮絮叨叨着像个啰唆的老太太。

许言之用口袋里的书页叠了一把造型奇特的扇子，给温暖降降温。但硬件设备可能有点差，扇出来的全是热风。

“蚂蚁上树怎么样？”温暖后退一步，凑到许言之耳边说。

许言之难得一次露出迷茫的表情，还有点儿可爱……可能不止一点儿可爱。

“这儿还有一个招牌菜。”温暖眯着眼睛仔细分辨，菜单上的字体太小了，图片也模糊得可以，让她有点儿看不清，“穿过你的黑发我的手……”

许言之对此轻笑了一声，然后迅速在温暖的右侧伸出手把她往里边搂了一下。

旁边有一个端着餐盘的男生迈的步子比较大，差一点汤就洒到了温暖身上。

“行，就这两个吧。”

温暖终于决定好了，刚好他们前边的人打了菜离开。

端着餐盘走出队伍时，温暖还有点不敢相信自己的眼睛。等许言之也走出来，两个人就坐在最旁边的座椅上。

“为什么炒粉丝要叫蚂蚁上树我是真的没弄明白？”温暖用叉子反反复复地翻动着餐盘里的那一坨。

今天的世界依旧玄幻。

许言之看到粉丝里面的比指甲盖还要碎的肉末似乎想清楚了什么。他还没来得及说出自己的见解，温暖又再一次开口，语气听起来带着点鄙视："没有蚂蚁。"

许言之一下子就被逗笑了。

他盯着温暖显得有点失落的脸，慢慢地、一字一顿地说："那按照你的意思，'穿过我的黑发你的手'里面还得有一只手是吗？"

温暖瞬间被堵得哑口无言。

行吧，这天真是没法聊了！

下午时分，校园里降落了一场细密如丝的小雨。

轻柔的雨丝柔柔地落在手臂上，带着点舒服的凉意，终于驱散了一点学校里如同蒸笼一般的热度。

温暖撑着一把黑胶伞，在一楼的走道上能很清楚地看清停在操场上的一辆小汽车。

校长开了很多年都没换的大众。

许言之上车之前似有预感地回头看了一眼，正对上温暖一双无辜水润的鹿眼。他心下一软，就连校长的催促也没听见。

坐进车里的同学拉了他一把，许言之才反应过来，额头上垂着的发丝已经有点湿润了。

很快汽车在温暖的视线里变得模糊，缩小成不大的一个点，隐入朦胧的雨雾当中。

温暖摸了把自己有些冰凉的脸，收好伞上楼。

这天下午的课温暖没有一节不是在走神的，身边的位置突然空下来，让她心里生出一种前所未有的空虚感。

这种感觉延续到周五。

温暖拎着书包走在回家的路上，差点因为走神而被一辆自行车撞翻。她拍了拍腿脚上被车轮蹭过遗留下的泥土，那里最后剩下一个浅浅的黄色印子。

这个点的阳光已经不再灼热，香樟树上落下几颗黑紫色的球形香樟子，被温暖踩在脚下，迸出一点果浆。

温暖到家时，太阳刚好沉下远处的山尖。

夏煦端了鱼肉出来，上桌时散发出浓郁的香味。

温暖在周六坐着夏煦的汽车到清溪大学，夏煦因为要准备自己的讲座，所以只是叮嘱了温暖几句，就自行去了办公室。

温暖直接忽略掉夏煦最后留下的一句“你别给我搞事”，在夏煦背影看不见之后，如同一匹脱缰的野马一样欢快地穿梭在校园里。

一群洁白的鸽子发出“咕咕咕”的叫声从她头顶掠过，很快消失在绿荫当中。

温暖朝着清溪大学北校区走去，那边是清溪大学很多年的老校区了，已经没有什么专业设在那边，所以成了这一次的奥数培训班。

绿树丛生的道路两侧开着淡黄色的野生菊花，清浅的香气弥漫开来，狠狠地吸一口让人感觉身心舒畅。

到处都寂寥无声的午后校园里偶尔响起一声嘶哑的蝉鸣，

九月的蝉依旧有迹可循，它们隐藏在繁茂的林叶之间。

许言之在投映出来的光影下认真讲着一道题。

温暖曾经在许言之的一本奥数模拟书上看到过一道类似的题目，大概只有几个数字换了换。

当时那本书摊开在桌面上，温暖侧头去看，算了好长时间都没得到答案。最后许言之拿着铅笔，用木质的铅笔笔杆轻轻地敲她的头，然后在本子上三两下写出解析。

是比许言之刚才说的还要容易让人理解的解析，总之对于她这个算得上数学黑洞的人来说，一看就能理解。

属于许言之的低沉的声音在刚步入秋季还有些炎热的天气里，给她送来了一抹清凉的慰藉。

他就是有这样神奇的能力，能一下子安定好温暖一颗因为跑路过来而扑通乱跳的心。

似有预感一般，许言之在安静得有些出奇的教室里，微微偏头往外看了一眼。

就这一眼，仿佛有什么东西极快地在心底扎根发芽，然后拼了命地要长成参天大树。

他看见迎着光的女孩，整个人沐浴在一片金黄色当中，脸颊上小小的、甜甜的酒窝里沉淀着像要把人溺毙的笑。

窗外微风轻轻起，扬起温暖印着淡粉色棠梨花的白裙子。

晚间回寝室的路上，有同行的男生跟他说话。

“你因为什么而喜欢她？”

“大概是因为那阵风。”

喜欢她这件事，许言之从来没有隐瞒过。以至于除她之外，所有人都看出来了。

一个月后，进入赛场的那一刻，许言之还能回忆起那个太阳高悬的午后，穿着白裙子的女孩沐浴在风里，朝他微笑。

番外二

我好喜欢你

这一年大学开学，清溪医学院的校门口挂了一条大红色横幅。

有两个还没进学校就已经被封为“大神”的同学以满分600的分值考了进来，因此学费全免。

新挂起的横幅就是为了欢迎他们，顺便也激励一下咸鱼般的学长学姐。

“热烈欢迎医学状元余泽、简清雅进入清溪医学院？”余泽看到的时候差点脚下一滑，连人带包都飞出去。

校长在面试时是见过他们俩的，看到他来了很兴奋而且热情地邀请他坐上了去寝室的汽车。

学习棒还有这点好。

简清雅直接被人从虞唐市接了过来，余泽见到她的时候还以为是在做梦，他开口就说："原来不是同名同姓啊！"

简清雅提着自己的行李，女生东西总要多一些的。快到女寝楼下，余泽看她实在不好提，就帮着拎了一个大手提袋。

"你带的什么？这么沉？"余泽走了一段，又停在前面不远处等着。等简清雅走过来，他再走一段。

简清雅喘着粗气，满脸通红，汗水直往下滴，看得余泽一阵心惊肉跳。

他从前面跑回来接过简清雅手里的东西，眉头皱得紧紧的。

"听温暖说你心脏不太好，你不会是犯病了吧？要不我叫救护车……"

简清雅累得实在没有力气了，她瘫坐在还带着灼人的温度的地面，扶着行李箱"呼哧呼哧"地喘。

余泽看她都站不起来了，连忙拨了120的电话。

简清雅瞪他，额头上的汗还在不断往下滴："亏你还学医呢！连太阳晒和心脏病都分不清！"

余泽闻言尴尬地摸了摸鼻子，他会来这里其实并不是遵循自己的意愿。他只是在高考的时候刻意把分数拉低，然后又选了屈居于清溪大学的医学院。

简清雅休息够了，从地上爬起来。

"你要进女寝吗？"

男生进女寝确实不太好，但是余泽看了眼细胳膊细腿的简清雅，眼皮直跳。

“进！”

余泽把所有的东西都放在一起，一手一袋全搬上楼。

简清雅反而成了闲人，两手空空地跟在余泽身后。她在女寝楼下的小卖部里买了两支冰激凌，然后给余泽递过去一支。

“你看我像是有手拿冰激凌吗？”余泽满脸冷漠。

简清雅默默地把包装袋撕开，纤细洁白的手臂越过行李将冒着寒气的冰激凌伸到余泽嘴边。

余泽也不客气，一咬一大口，反而简清雅在一旁悄悄地红了脸颊。

热风混着夜晚烧烤摊的味道，简直让人欲罢不能。

简清雅偷偷掀起眼皮观察着，少年被羊肉串烤制时飘出的辛辣味道刺激得眯起眼睛。有一抹流光隐匿其中，似星空银河般璀璨耀眼。

他们自此有了往来。

谁也没有再提过在清溪大学高考时发生的事，像是将那一天的记忆尘封了起来，不去提也不去想。

简清雅和余泽虽然不是一个班，但学的都是临床医学。

余泽还记得大一第一次上解剖课的时候，他们班和简清雅所在的班级一起上课。整个解剖室里挤满了人，男男女女好不热闹，然后解剖刀上手时，一室的安静。

一些胆小的女孩子看到活蹦乱跳的小白鼠被老师解剖，那鲜血淋漓的场面，吓得她们只会尖叫。

一时间，解剖室里哭的哭、号的号，各类不同音色的女高音震耳欲聋，作为辅助老师给新生上课的大四学长都吓得两手一抖，刀子直接扎在了小白鼠的身上。

鲜血直流，惨不忍睹。

当时余泽其实就站在简清雅身后不远，还能看到她白皙纤瘦的后颈。

老师咳了一声，然后说：“谁愿意试一试？”

没有人说话，教室里沉默了一会儿，然后简清雅举了手，声音清脆，如同珠玉落地：“老师，我来试一试。”

余泽盯着简清雅姣好的脸庞，上面并没有惊慌和害怕。她很从容地握着解剖刀，在老师的讲解下，白刀子进去，红刀子出来。

那时候的余泽就惊讶于简清雅不同一般女生的胆量，可后来余泽才知道，简清雅敢做的，完全不止解剖这件事。

他们学校有好几间地下室，里面存放着各种各样的人的尸体。

学校里有位年长的教授，性格古怪，教学方法更是让人匪夷所思。可他教出来的学生却一个个都小有成就，余泽也有所耳闻。只是他没想到，简清雅竟然成了那位教授的弟子。

他有一回在解剖室里坐电梯，一不小心按到了负一楼。等走出来才发现是地下室，地下室的房门开着，丝丝冷气从里面透出来。他难免有些好奇，走进去，躺在解剖台上的尸体全都泛着白，连白布都没有盖上。

简清雅裹着一件桃粉色的外套格外显眼，她坐在尸体包围的中央拿着一本书在看，连眼皮都不眨一下。

看到他来，简清雅很惊讶地跟他打招呼：“你也过来锻炼？”

余泽右眼皮突突直跳，他头也不回地往外走：“你才来锻炼！”

谁会在这种地方锻炼，哦，除了你。

进入隆冬，简清雅还是照例来找余泽去食堂吃饭，两个人用了一年时间把食堂一楼到三楼的所有菜系都吃了个遍。

简清雅散着步，咂咂嘴，跟他抱怨：“其实还是一楼的比较好吃。”

秋去春来，麻雀衔着泥在教学楼的屋檐下筑了巢，里面住的小麻雀从早到晚叽叽喳喳地叫。

简清雅搬了一架人形梯爬上去，看得余泽心怦怦地跳。

“你不会连这么小的麻雀都不放过吧？”

简清雅在最高的那阶梯子站直身体，然后回头恶狠狠地瞪他：“想什么呢你！”

余泽扶着梯子，有点不放心地叮嘱：“你小心点啊！”

他话音才落，简清雅托着小麻雀就从梯子上掉了下来。他连忙松开梯子接住人，却和小麻雀来了个脸对脸，一时间相顾无言。

小麻雀尖着嘴巴，啄了他的下唇一口。

后来简清雅完全不顾余泽阴得能滴水的脸，一路上笑得前俯后仰，直不起身来。她抹了一把笑出来的眼泪：“原来余泽你喜欢这样的！”

余泽脸更黑了。

“还说呢，要不是为了接住你，能这样吗？”余泽忍不住鄙视了一下简清雅，还分不分得清前因后果了？

“哈哈哈哈……”回应他的是一串银铃般清脆悦耳的笑声。

“你差不多行了啊！”余泽斜着眼看她。

“不行，笑死我了！你竟然被一只麻雀看上了！”简清雅笑得差点没厥过去，她努力想让自己平静下来，但是每次都失败。

余泽把她快要滑下去的身体捞回来，似搂似抱的样子让一旁的路人看过来的眼神带上些大写的暧昧。

“你别笑了啊，再笑我就……”余泽也没想出个所以然来，停顿得很突兀。

“你就怎么样？”简清雅笑着对上他的眼睛。

春风吹过来，使得她眉梢眼角带着点润色。像一只纯洁无辜的小动物一样，可爱得一塌糊涂。

余泽盯着她的脸：“再笑我就亲你了。”

简清雅果然就不笑了。她努努嘴，脸色微不可见地泛了点红，她侧过头去：“不笑就不笑。”

当天下午，有人在教学楼下捧着花喊：“简清雅，我要追你！”

简清雅当时跟余泽走在一块，她从解剖室里走出来，连手套都没来得及脱，还带着血。

余泽往楼下看了一眼，阵仗挺大。

楼下用蜡烛摆了一个巨大的红色爱心，旁边还铺着玫红色的花瓣。

余泽看了一眼简清雅毫无波澜的脸，一时间也猜不出她是会同意还是拒绝。这么想想，他手心里开始冒汗。

“你同意吗？”余泽盯着她粉红色的嘴唇看。

“我已经有喜欢的人了。”简清雅瞄了一眼余泽没什么波动的表情说。

“……”那更惨，余泽默默地想。

简清雅坐上电梯，又想往负一楼跑。

余泽眉头一跳，连忙按了一楼：“还是先吃饭吧。”

等电梯一停，余泽就拉着简清雅往外走，连拖带拽地掠过那个捧着花的男生。

“那什么……”余泽在一处比较静谧的地方停下，他注视着简清雅一双清澈透亮的眸子，突然就有一点想不起来自己要说的。

余泽颇有些懊恼地捶了下脑袋，表情也变得不自然起来，他想了一会儿，才憋出几个显得有点僵硬的字：“那什么……我喜欢你。”

柔光亲吻着脸颊，从枝叶落下的水滴刚好砸在简清雅头顶。她猛然间回神，两颊攀爬上盈盈的笑意。

阳春三月，春光和煦。

晨间凉爽的风夹着百花开放的香气，一缕一缕被吸进鼻腔。

简清雅感觉到自己的心上开了一朵花，正以一种最美丽的姿态盛放。

她说：

“我也喜欢你，我好喜欢你。”

这一瞬，万籁俱寂。

头顶突然腾起的鸟雀扑扇着翅膀蹿上蓝天，在半空落下来几片白色的羽毛。仿佛轻柔地拂过他的心田，带着一阵接着一阵的悸动。

我也好喜欢你。

|小花聊天室|

——你可以等待一个人多久?

你有没有像故事里的主角一样等过一个人?在未知的结局面前,等待五年、十年、一生……

青春里的等待是什么样子的呢?
是假装不经意地回头只为多注视你几秒,是靠在走廊上那个穿着白衬衫插着口袋的身影,是愿为你褪去青涩的棱角,等你长大,等你来到我身边。

这世界上最不缺的东西是时间,最难抵抗的是命运。
时光的洪流里,你可以等一个人多久呢?

魏景尚 & 林悠悠:十年

五年我都能等,那再等五年又有什么关系呢?
魏景尚面对林悠悠的不辞而别,用了五年的时光来怀念她。

"你真的不爱我了,我也要听你亲口对我说。"
为了让悠悠放下心结,他选择放手,又静静守候了五年。
"我愿意等,用我的一生去等。"

"因为这十年来我每天都在想你,所以我可以自豪地说,我没有一天是在虚度时光。"
在秋叶原的街头,他们穿越汹涌的人潮,用最温柔最炙热的爱拥抱彼此。
这个世界什么都善变,可是眼前这个人,让她相信永远。

——《无与伦比的美好》 耘游 著

沈南风 & 向晚晚：十七年

“既然你不愿意，正好方便我解决掉这场荒唐的婚约。”

“——等等，沈南风，你哪只耳朵听到我说不愿意了？”

她啊，在沈南风身边等了十七年，好不容易等到老天开眼，怎么会不愿意呢？

知晓婚约前，她以为她和沈南风像是两条平行线，一路并行她就满足了。

然而，有了婚约，她变得越发贪婪，变得患得患失。

变得想要沈南风只属于她一个人。

“可是你还没有说过喜欢我？”

“今晚夜色很美。”

是谁说过，喜欢这种东西，即便捂住了嘴巴，也会从眼睛里跑出来。

还好，向晚晚能等到沈南风。

——《南风向晚》 森木岛屿 著

许言之 & 夏温暖：他去到她的城市

他们同窗三年，在一起却又不在一起。

“温暖？”

温暖转身，微微诧异了一下，随后才开口说话：“欧阳老师。”

“怎么，今天没跟许言之一起？”

温暖愣了一下，才忍不住在心里回答：“不止今天，过去的两年二十五天五时十七分二十八秒，我们也没有在一起。”

别离两年，他去到她的城市，却不敢相见。

鲜花已经开过，零落在地的枯叶被风带起，打着旋儿又在前方落下。

温暖，我好像，又离你更近了一点儿。

但……我想和你一直在一起。

我喜欢你，就像是帆船喜欢大海、地锦喜欢竹篱那样，喜欢你。

——《请别忘记我》 子非鱼 著

路迟遇 & 程渺：从青春年少，到白发苍苍。

她喜欢吃土豆，不喜欢葱花；她很爱喝汤，尤其是玉米排骨。
她想做紫霞，爱一个人，赴汤蹈火。
她也有情绪，只是更多时候，她勉强了自己。
他等在她身边，像一棵树，挡她风雨，做她倚靠。
她想飞，就让她去。
大不了让她去到哪里，都是在他的怀抱里。

她以前相信缘分二字，等待着命中注定的那个有缘人。
但其实，所谓缘分，都只是一个人故意为之，强撑着，把巧合变成了故事。

程渺，我爱你。慢慢来，我等得起。
我祈愿着，你余生安好和乐，最好有我。

——《渺然但迟遇》 猫可可 著

图书在版编目（CIP）数据

请别忘记我 / 子非鱼著. -- 贵阳 ：贵州人民出版社，2018.1（2021.4重印）
ISBN 978-7-221-14603-8

Ⅰ. ①请… Ⅱ. ①子… Ⅲ. ①长篇小说－中国－当代
Ⅳ. ①I247.5

中国版本图书馆CIP数据核字(2017)第331475号

请别忘记我

子非鱼 / 著

出 版 人：苏　桦
出版统筹：陈继光
选题策划：大鱼文化
责任编辑：潘　媛
特约编辑：雪　人　采　薇
装帧设计：刘　艳　孙欣瑞
封面绘制：池袋西瓜
出版发行：贵州人民出版社（贵阳市观山湖区会展东路SOHO办公区A座505081）
印　　刷：北京时尚印佳彩色印刷有限公司
开　　本：880×1230毫米 1/32
字　　数：177千字
印　　张：9.25
版　　次：2018年2月第1版
印　　次：2018年2月第1次印刷
　　　　　2021年4月第2次印刷
书　　号：ISBN 978-7-221-14603-8
定　　价：42.80元

贵州人民出版社微信